風招《お》きの空士

天神外伝

小森陽一

集英社文庫

目次

燚《いち》の章 7
結《ゆい》の章 131
追《つい》の章 255

この作品は、集英社文庫のために書き下ろされました。

取材協力　井上　和彦
防衛省　航空幕僚監部　広報室
航空自衛隊　松島基地
那覇基地
芦屋基地
小松基地

風招《お》きの空士

天神外伝

燚《いち》の章

0

——空気の匂いが変わった。

今朝のブリーフィングで気象隊が報告したところによると、関東地方の天候は小雨。北西方向から次々と雲が流れ込み、夜半まで雨は残るというものだった。確かに細かい雨はまだ降り続いているが、湿気を含んだ濃密な匂いがさっきまでとは違う。もちろん微妙な差だ。一般人には分からないだろう。だが、俺は違う。戦闘機乗りだ。戦闘機乗りは気象予報士と同じくらい、もしくはそれ以上に天気を気にかける。なんせ命に関わることだ。だから、自然と感覚が鋭くなる。いや、俺に言わせりゃ鋭くなければおかしい。

雨はもうすぐ止《や》む。

待機所として指定された殺風景なワンルーム。椅子から立ち上がって窓を閉めると、そのまま部屋を後にした。

ロビーから一歩外に出た途端、真夏の生ぬるい空気が纏《まと》わりついてきた。すぐに身体が汗ばみ、青色をした特別仕立ての飛行服がべったりと肌に貼り付いてくる。不快指数85を越えると93％の人間が不快に感じるそうだ。実にくだらねぇデータだと思う。夏は昔から蒸し暑いに決まっている。時刻は午後五時を少し回ったところ。分厚い雲が光を遮り、辺りから色を奪っている。人影もない。雨をシャワー代わりにしながら、基地の中をゆっくりと駐機場の方へ向かって歩き出した。

松島基地から展開して入間《いるま》基地に入ったのは昨日の昼過ぎのことだった。入間に来たのはこれで三度目になる。那覇《なは》の第83航空隊時代、飛行教導隊《アグレッサー》だった頃にはまったく縁のない基地だった。理由は滑走路だ。標準的な長さは8859ft《フィート》。だがここは6262ftしかない。2000ftも短い。ベテランのイーグルドライバーなら着陸のスピードをギリギリまで下げ、着陸後、すぐさま右エンジンを停止させて制動することができる。しかし、新米にはそうはいかない。雨で路面が濡《ぬ》れていようものなら、オーバーランする可能性だってある。緊急事態などよっぽどの理由がない限り、リスクを冒す必要はない。だから、戦闘機乗りはこの基地を素通りする。

それがどうだ……。

今の部隊に移って、一昨年、去年と一年おきに来るようになった。F－15に乗っていた頃はまったく考えもしなかったことだ。

十分ほど歩いたところで整備格納庫へ着いた。真っ先に目に飛び込んできたのはT－4だ。川崎重工が開発した純国産のジェット中等練習機。灰色のボディカラーがイルカをイメージさせるため、通称ドルフィンと呼ばれている。パイロットの養成訓練の時、初等のレシプロ機であるT－7から中等のジェット機T－4に替わった時の興奮は、今でもはっきりと覚えている。何しろスピード感覚がまるで違っていた。同期の連中は一様に慌てふためいていたが、俺は空に上がるのが面白くて仕方がなかった。速く、高く、激しく。それは戦闘機乗りとしての本能だと思う。

その奥にはずんぐりむっくりの図体をしたC－1が二機、幅を利かせている。中型輸送機。緑と茶と黄土色の斑《まだら》模様はいかにも自衛隊らしい。何より、このカラーリングはアグレッサーの頃の愛機だった「マダラ3号」を想い出させる。マダラ3号を自由自在に操りながら、西の空、東の空で部隊を教導して回った。部隊のパイロットが少しでも手を抜こうもんなら、それこそぶっ殺す気で戦技を叩《たた》き込んでやった。たった三年前のことだが、随分と昔のようにも感じる。今も時折、あの血がたぎるような空を懐かしく感じることがあるが、以前に比べりゃ落ち着いたかもな。自分でもそれは感じることがある。

出番を待ってひっそりと佇《たたず》む機体を眺めながら、慣れ親しんだ色を楽しむかのようにゆっくりと前を横切っていく。すると、C－1の陰からふいに色が溢《あふ》れた。白と青。美しくカラーリングされた六機のT－4が並んでいる。しかも、塗り分けられたボディは一点の曇りもないほどに磨き抜かれ、色のない格納庫で一際《ひときわ》異彩を放っている。ブルーインパルス専用のアクロ仕様機だ。

「……あれ、浜名《はまな》さん？」

姿は見えなくても声で誰だか分かった。帽子を後ろ向きに被《かぶ》り、袖を捲《まく》り上げた若い整備員が5番機の陰からひょいと顔を覗《のぞ》かせた。村田光次郎《むらたこうじろう》1曹。相変わらず薄ぼんやりした特徴のない顔だと思う。だが、その額にはびっしょりと汗が浮かんでいる。長い間、ここで整備を続けていたんだろう。ブルーの整備士は立候補制であり、相当な練度と技術がないとなれないそうだ。しかし、コイツは若い。その若さゆえ、周囲から不安の声が上がっていたと聞いていた。だが、俺は印象など信じない。自分の目で見て、自分で確信したものじゃなければ信じない。はっきり言ってコイツの整備の腕は本物だ。何より機体に対してののめり込み方は尋常じゃない。飯より女より戦闘機イジリが好き。そういうところはまさに俺好みだ。……だが、一つだけ気に食わないことがある。それはあの坂上《さかがみ》と同期だということだ。

「どうしたんです？　まだ、集合には間《ま》がありますよ」

「雨がな」

「雨？」

光次郎は視線を格納庫の外に移した。

「あぁ、まだ降ってますね……」

その声には無念さが滲《にじ》んでいる。この日のために、光次郎は俺の乗る5番機にある仕掛けを施していた。それが使えなくなるのが残念で仕方ないといった表情だ。

「もうすぐ止む」

「本当ですか！　気象隊がそう――」

「バーカ。あいつらじゃねぇ。俺の直感だ」

それを聞いた光次郎はニッと笑うと、「じゃあ、やれますね」と言った。当然だ。俺は答える代わりに軽く頷《うなず》いた。

今日は二〇二〇年七月二十四日。五十六年振りにこの日本で夏季オリンピックが開催される。街も人も熱気で渦巻いている。今頃、代々木の開会式の式場は大勢の観客で埋め尽くされているだろう。はっきり言って俺はオリンピックになど興味はない。節目だとか、記念日なんてのもどうでもいい。あるのは、己の技を寸分違《たが》わずきっちりと披露する。それだけだ。

まぁ、しっかり見ていてくださいよ。

薄暗い空を見上げながら心の中で呟《つぶや》いた。

1

〔三年前——夏〕

のと里山《さとやま》海道を柳田《やないだ》ＩＣで降り、２４９号線に乗って海岸線を北上していく。高浜南の信号を左折して36号線へ。牛下《うしおろし》から再び２４９号線に乗り、延々と海沿いを走る。左手に広がるのは日本海だ。心地よい潮風がレザースーツの隙間から忍び込み、火照《ほて》った身体を吹き抜けていく。空の上では常に鋼鉄の塊の中だ。風を感じることも、空気の匂いを嗅ぐことも、景色を楽しむことだってできはしない。せめて陸の上では全身の感覚を解放して、すべてを味わいたかった。

そのためには車ではなく、バイクだ。

俺の愛車はハーレーダビッドソン。ベースは１９７５年式のＸＬＣＨアイアンスポーツ。仕様はディガースタイルだ。元々バイクは好きだったが、コイツに乗ろうと決めたのは教導隊に入ってすぐの頃だった。

一九六〇年代後期から七〇年代にかけて、ホンダやカワサキが開発した安価で高性能な4気筒のエンジンが大量に海外に流れた。世に言うメイド・イン・ジャパンの波って奴《やつ》だ。海外のメーカーはあっという間に大苦戦に陥り、ハーレーですらその煽《あお》りをモロに食らった。そこで対抗できるエンジンを作り出した。それがショベルヘッドエンジンだ。それまでにもハーレーにはナックルヘッドとかパンヘッドというエンジンがあり、それぞれ名前の由来がある。ショベルヘッドもロッカーアームのカバーがショベルに似ているところからきてる。まぁそんなことはどうでもいい。このエンジン、巻き返しのために作られたはずなのに、蓋を開ければ不備が多かった。エンジンの振動、オイル漏れ、オーバーヒート……。数え上げればキリがない。ハーレーはとうとう経営危機に陥り、AMF（アメリカン・マシン・ファンドリー）社に買収され、創立者一族の多くが経営から退くことになった。だが、残った者の中に救世主がいた。そいつの名前はウィリー・G・ダビッドソン。創設者の一人、オールド・ビル・ダビッドソンの孫だ。ウィリーはノーマルのまま乗ることとは別に、ハーレーをカスタムすることに力を入れ始めた。バイクを自分の好きなように改造し、自分好みに仕上げていく。これで消えそうな火が再び灯《とも》った。とまぁそういうワケだ。

アグレッサーはその名の通り、TAC《タック》部隊を叩きにいく仮想敵機部隊だ。言い換えれば対抗機ってことになる。俺がショベルヘッドエンジンに決めたのは、これが日本製に対抗して作られたエンジンだと知ったからだ。不備に関しては一九七〇年以降のモデルは改善が進み、それなりの知識があれば自分でメンテナンスもできるようになっている。自分で言うのもなんだが、手先は器用な方だ。昔は随分とプラモデルも作ったりしていた。戦艦に車にバイク。一番多かったのが戦闘機なのは言うまでもない。細かいパーツを組み上げ、色を塗ってデカールを貼る。その仕上がり具合には友達はもちろん大人も舌を巻いたほどだ。実家の押し入れを開ければ、まだ作ってないプラモデルの箱が山積みになってる。お袋からは「邪魔だから捨てるか売るかしろ」って言われ続けてる。捨てるワケにはいかねぇから、今度里帰りしたら一切引き揚げるとするかな。

おっと話が逸《そ》れた。それからもう一つ、スタイルをディガーにしたのにもちゃんとした理由がある。ディガーの特徴は路面に接しそうな低いスタイル、ホイルベースが長くフロントフォークが短い代わりに、ステアリングヘッドが前に位置している。このために乗車スタイルが前のめりになり、それが穴を掘っている感じに見えることから、「Ｄｉｇｇｅｒ」（穴を掘っている人）と名づけられた。これにはもう一つ隠語があって、それが「墓掘り人」という。ククク、墓掘り人だぜ。

知っての通り、アグレッサーの部隊マークはドクロだ。うかうかしてたらあっという間に撃ち落として、墓穴に突っ込むぞってな！　まさに俺にうってつけのネーミングだと思ったな。

フレームはオリジナルだがフロントフォークはスプリンガー、リアはリジット仕様、前輪は太いタイヤにして、ドラッグレーサーを意識した感じになってる。パーツを集め、日々改良しながら自分仕様のハーレーを完成させていくのは最高の醍醐味《だいごみ》だし、愛着も湧く。この感覚はF－15も同じだ。乗れば乗るほど性能が分かり、機体によってちょっとしたクセも分かってくる。どんどん深くなって、いつしか機体と自分が一体化しているように感じる。それが面白くて仕方がない。空は憧れの場所なんぞと抜かす奴には絶対に分からねぇだろうが。

能登半島の突端、禄剛崎《ろっこうさき》に着いたのは夕方の六時を少し過ぎた頃だった。灯台の登り口にバイクを停《と》め、自販機で水を買うと、400mほどの坂道をゆっくりと登っていく。陽《ひ》も落ちかけてるってのに、まだ蟬《せみ》が煩《うるさ》く鳴いている。元気なこった。しばらくすると開けた場所に出た。コンクリートの石畳と幾つかのベンチ。そして、ポツンと白い灯台が建っている。他に人影はない。時折、風が木の葉を揺らす音がする。

ここに来たのには理由がある。空からではなく、一度陸から日本海を見たかったからだ。前年の六月、アグレッサーは宮崎県新田原《にゅうたばる》基地から石川県小松《こまつ》基地へネストを移した。なぜそうなったのか、末端である俺には分かるはずもない。別に知りたいとも思わない。アグレッサーの歴史が刻まれた新田原を離れるのに寂しさを感じる連中もいたが、自衛隊にいりゃ異動は日常茶飯事だ。どうってことはない。むしろ俺は小松に行くのが楽しみでさえあった。

なんといっても小松は訓練空域が広い。日向灘《ひゅうがなだ》に比べて優に三倍はある。今まで狭くてできなかったことが、ここではほぼ無制限でできる。リミッターを外し、己の技量を全開で試すことが可能になる。しいてデメリットを上げるとするなら北陸特有の冬の嵐だが、空域の広さという恩恵に比べれば、そんなものは比較にならない。実際に空域の範囲を隅々まで飛んでみて、それは確かな実感に変わった。これから毎日、この広い庭で訓練ができる。こいつは喜び以外の何物でもない。

ポールが立っているのが見えた。近寄ってみると、矢印型の看板が三つ取り付けてある。そこにはそれぞれ【東京302㎞】【釜山783㎞】【ウラジオストック772㎞】と記されており、矢印の先端はその場所のある方角を示していた。ここを訪れる者は矢印を見て、見知らぬ遠い国に思いを馳《は》せたり、旅行した日の想い出話に花を咲かすのかもしれない。だが、戦闘機乗りは違う。考えるのは一つだけだ。音速で飛べば、たかだか700㎞の距離などあってないようなものに過ぎない。

なるほどな……。

アグレッサーを小松に移した理由がなんとなく分かったような気がした。

ポールを離れ、灯台の白壁を横目にしながら、海側の柵の方へと歩いた。柵から崖下を覗き込むと、千畳敷《せんじょうじき》と呼ばれる海食棚が広がっている。どの岩も波に削られ、抉《えぐ》られ、奇妙な形をしている。なるほど、海が荒れる証拠だ。

いいねぇ。荒れた海の上で荒れ狂うなんておあつらえ向きじゃないか。

俺はその場に留《とど》まって、次第に夕陽に染まっていく日本海をいつまでも眺め続けた。


「ゼロはどこだ！」

ある日のこと、アグレッサー専用の整備格納庫に須山《すやま》3佐のダミ声が響いた。須山3佐はウチの専属の整備隊長だ。年齢は確か……三十九歳くらいだったと思う。日焼けした顔に白髪交じりのオールバック。そして、眉間の深い縦皺《たてじわ》のせいで、実際の年齢よりも随分と上に見える。ちなみにゼロってのは俺のＴＡＣネームだ。零児《れいじ》の零を取ってゼロ。那覇の第83航空隊に配属になった時、先輩のマサさんに付けられたものだ。なんの捻《ひね》りもないが、変えるのも面倒なのでそのまま使っている。

「オーバーGたぁどういうつもりだ！」

須山3佐が怒るのも無理はない。アグレッサーでのオーバーGはご法度になってるからな。

機体にはそれぞれ最大Gが設定されている。Ｆ－15は9G。これ以上の負荷を掛けることをオーバーGと言い、機体が激しく消耗してしまう。まぁ、簡単に言っちまえば機体の弱いところにクラックが入ったり、変形したり、翼がもげたり、やがては空中分解するってことだ。築城《ついき》基地でアグレッサーが編成された一九八一年からおよそ九年間、専用機はT－2だった。乗員は二名。全長17・85m、全高4・45m、翼幅7・88m。最大速度マッハ1・6。最大Gは7・33。三菱重工業製造の高等練習機。俺はこの機体に乗ったことはないから詳しいことは分からないが、すこぶる性能が良く、パイロットの評判も上々だったらしい。だから、アグレッサーと曲芸飛行専門のブルーインパルスにも運用が決まったそうだ。

そのT－2運用期間中、アグレッサーは度々事故を起こしている。すべてが解明されたわけじゃないが、その中にはオーバーGのせいで機体がダメになったのも多々あったらしい。だから、F－15でのオーバーGは厳禁となった。オーバーする直前に回避する。それができねぇヤツは下手くそというレッテルを貼られちまう。

俺は須山3佐に今日の出来事を簡単に説明した。新人との訓練だったこと。そいつが操作ミスをしてこっちに突っ込んできたこと。負荷を掛けようとしたのではなく、避けようとして止むを得ずやってしまったことなどだ。これは言い訳じゃねぇ。ありのままの事実だ。

須山3佐は腕を組んだまま、黙って俺の話を聞いていた。俺は後ろ手に隠し持っていた五合瓶を差し出した。先日、ツーリングに出掛けた時に手に入れた能登の地酒だ。須山3佐は五合瓶を受け取ると、「大江山か……」と呟いた。

「飲んだこと、ありますか」

「ねぇな。近いうちに飲みたいと思ってたとこだ」

「そりゃ丁度良かった」

「なにがだ、バカヤロウ」

須山3佐が怖い目を向けた。だが、続けて「煩わせやがってよ」と言った時のトーンは違っていた。温もりを感じた。

オーバーGをかければ整備員達はその機体を隅々まで検査することになる。エンジンをバラし、ネジ一本に至るまで徹底的にチェックする。要するに余計な仕事が増える。しかし、整備員の中にそのことを嫌がる者なんて一人もいない。パイロットが精一杯の訓練をした結果だと分かっているからだ。そんな整備員がいるから俺達は目一杯飛べる。そこには強い信頼関係がある。だが、俺は迷惑を掛けた時、こうして差し入れをするようにしている。せめてもの謝罪と、あらためてよろしくという気持ちを乗せて。こういうことを教えてくれたのもマサさんだった。

五合瓶をぶら下げて整備室の方へと歩いていく須山3佐に、わざと「俺のマダラ3号をよろしく頼みます」と言った。須山3佐は振り向きもせず、「俺達の、だ。勘違いすんじゃねぇ」と答えた。

そう、俺達のだ。

アグレッサーは飛行を司《つかさど》るパイロットと整備を司る整備隊、それに頭脳を司るコブラがいる。この三者が一つになってミッションをこなす。他では味わえない一体感。これが堪《たま》らなく心地よい。俺は須山3佐の背中に軽く一礼した。


朝起きる。午前と午後の二度訓練をやって、アパートに帰って眠る。その間することといえば、飯と風呂とバイクいじり。その繰り返し。付き合ってる女はいない。酒は飲むが、たいがいは一人だ。コンビニで買うから特定の店に行くこともない。テレビも観ないし雑誌も読まない。他に趣味もない。そんな俺のことをなんの潤いもない面白くない男だと評する声があるのも知ってる。別に構わねぇ。そんな日々に俺はなんの不満もない。

俺にはまだまだ伸びしろはある。そう感じる。自分の技量を半歩でも一歩でも高めるために、空を飛ぶ一分一秒を無駄にしたくない。現役のアグレッサーの中でも、歴代においても誰も成し得なかった高みにまで上り詰めたい。それがどんな景色なのかわからねぇが、パイロットである以上、頂点を目指すのが当然だと思ってる。

そんな生活の中で、訓練を終えて基地へ戻る僅かな時間はちょっと違う。熱く火照った身体と機体をクールダウンさせながらゆったりと飛ぶ。コクピットから眺める景色はそれに一役買ってくれる。地上にも景色があるように、空にも景色がある。それは見るたび毎《ごと》に変化し、一度として同じものはない。

雲にはいろんな形がある。小さいものからにょきにょきと育ったもの、どこまでも並んで繋《つな》がっているもの。遠くにある雲なんかはまるで山脈のように見えたりする。雲は勝手気ままに形を成しているようで、時には規則正しく並んでいることもある。これは全部、風が作り出したものだ。見えない風が雲を使って自分の存在を示し、その通り道を見せる。

今、右下に雲の影が海に映り込んでる。そこだけ色が違って見える。前方の雲には光がベールみたいに覆いかぶさっている。遠くの空の色が何層にも分かれ、白っぽいものから青っぽいもの、薄いオレンジみたいのが混ざり合って不思議な色を成している。俺は学がないからこんな色をどう表現すりゃいいのかわからねぇ。でも、綺麗《きれい》だと思う。空ってのはどんだけ眺めていても飽きねぇ場所だ。それだけははっきりと言える。

長いデブリがようやく終わった。

立ち上がると少し頭がふらつく。今日の訓練はちょっとやり過ぎたかもしれねぇな。足元に気をつけながらブリーフィングルームを出ると、後ろから「おい」と呼び止められた。振り返ると隊長室の前に西脇《にしわき》飛行隊長が立っていた。

「ちょっとこい」

「なんスか？」

西脇隊長は返事もせず、さっさと隊長室に入った。ドアは開いたままだ。入って来いということだろう。近々、百里《ひやくり》の第３０２飛行隊と訓練をすることになっている。大方その打ち合わせかなんかだろう。疲れて面倒だったが、さすがの俺でも隊長を無視することはできない。踵《きびす》を返して隊長室の方へ向かった。

来客用のソファに座っている西脇隊長の正面に座ると、再び「なんスか？」と尋ねた。隊長は何も言わず、しばらく黙って俺の顔を見つめている。こんな変な沈黙はこれまでに一度もなかった。すぐに嫌な予感がした。

「なんだかよくわからねぇけど、はっきり言ってくれませんかね」

焦《じ》らすのも焦らされるのも好きじゃない。

「お前に異動通知が来てる」

「異動通知……？」

航空自衛隊の異動はほぼ四月か八月と決まっている。だが、一ヵ月を切っての異動通知とはそうあるもんじゃない。

「それ、冗談っスよね」

そう言う俺に、西脇隊長は三つ折りにされた書類をテーブルの上に載せた。そのまま腕組みをしてこっちを見つめる。俺は仕方なく書類を手にして、両手で開いた。そこには紛れもなく異動の文字と自分の名前が書かれていた。そして、その異動先を見た時、息を呑《の》んだ。

松島《まつしま》基地第11飛行隊……。

「これって……」

「来月からお前の所属はブルーインパルスだ。5番機付きとなる」

ブルーインパルス。俺がもっとも軽蔑し、忌み嫌う部隊だ。

なのにそこへ行けだと？

「こりゃなんかの間違いだ……」

「間違いじゃない」

「誰かが冗談でやったんスよ。グールかドリスか。ちょっと確かめて――」

腰を浮かし掛けた俺に西脇隊長が「ゼロ」と言った。真剣な眼差《まなざ》しだった。

「俺はまだ、アグレスを離れるワケにはいきません。隊長だってそう思ってるでしょうが」

「聞け、ゼロ」

聞きたくない。ここで黙ってしまえば、本当に決まってしまいそうな気がした。ソファから立ち上がろうとする俺の肩を西脇隊長が抑え込んだ。

「お前は空自《くうじ》の人間だ。命令には逆らえんぞ」

そんなことはわかってる。百も承知だ。しかし……これだけは、この異動命令だけは承服できねぇ。

俺は西脇隊長の手を乱暴に振り払った。上官に対してあるまじき態度だと叱責されてもいい。そのまま立ち上がるとドアの方へ向かった。一秒でも早く、この会話から、この部屋から立ち去りたかった。

「浜名!」

西脇隊長が今度は名前で呼んだ。鋭い声だった。だが、俺は振り返ることなくそのまま隊長室を後にした。

その後、バイクでどこをどう走ったかわからない。気がつけば海岸にいた。服も着替えていない。飛行服のままで外を走るなんて初めてだ。バイクを路肩に停めて岸壁によじのぼると、腰を下ろして暗い海を見つめた。月が出ていない。何も見えない。昼間はあんなに遠くまで見通せた景色が、今は何もない。黒一色だ。ただ、音だけはする。波の音。ザザッザザッと打ち寄せる音が、果てることなく繰り返す。俺はその音を聞くともなしに聞いた。

それからどれくらいの時間が経《た》ったのか。ふと我に返ると、不思議と気持ちが落ち着いていた。相変わらず波の音だけが聞こえる。

アグレッサーからブルーインパルスへの異動。別にそうなってもなんら不思議じゃない。同じ空自のパイロットだからな。

ファイターパイロットには大きく分けると三つの道がある。一つはＴＡＣ部隊。一つはアグレッサー。そしてもう一つがブルーインパルスだ。

ＴＡＣ部隊の特徴を簡単に挙げるとスクランブル対応ってことになる。アンノウン（正体不明機）が現れた時の緊急対処はＴＡＣ部隊のみが行う。そんな部隊を仮想敵機として鍛え上げるのがアグレッサーの役目だ。この二つは戦闘を主目的とした戦技向上が第一となっており、重なる部分も多い。だが、ブルーインパルスのベクトルはまったく違う。

国がらみの大きなイベントや各地の航空祭でアクロバット飛行を行い、広く国民に航空自衛隊をアピールする存在。パイロット達には個別のサインがあり、航空祭ではファンとの交流やパンフレット、グッズ販売なども行われる。空自のどこを探しても、他にそんな部隊はない。ましてや決して表に出ることのない教導隊とは対極の存在と言ってもいい。これまでに何度かブルーを見かけることはあった。だが、積極的に会話したことはない。はっきり言うと眼中になかった。だが、そんなことはまだいい。俺が拒むのは別の理由があるからだ。

ブルーに行けば、三年間は編隊飛行漬けとなる。編隊飛行と戦技とはほとんどリンクしない。間違いなく腕は落ちるだろう。もしかするとそのブランクは、俺のキャリアにとって決定的なものになるかもしれない。

「なんで俺なんだ……」

呟きはすぐに波の音に呑み込まれていく。

まさか、こんな日が来ようとは考えたこともなかった。拒むことはできる。だがその時はパイロットを辞める時となる。戦闘機に乗って空を飛ぶことができなくなる。それは自分にとって死んだも同然だ。拒んで死を取るか、受け入れてゆっくりと死ぬか。どちらに転んでもいい目はなさそうだ。考えはまた堂々巡りを始める。

くそっ……。こんなに迷うなんて生まれて初めてだ……。

ガキの頃から迷うということがなかった。兵庫県姫路市の市内で生まれた俺は、親や先生が手を焼くほど喧嘩《けんか》っ早かった。どういう訳だか喧嘩を向こうから仕掛けられる。仕掛けられたら買うしかねぇし、買ったら勝つのを目指すのが当然のことだ。たとえ相手が大人数だろうと、逃げることはしなかった。その代わり、どんな卑怯《ひきょう》な手も使った。特に大人数を相手にする時はそうだ。ドラマや映画みたいに綺麗事で戦ってたら勝てるワケがねぇ。一発で相手を倒す。それを目指さねぇと勝機はない。時には石やブロックで相手を後ろから殴りつけ、橋の上から川に投げ落とし、自転車で体当たりして跳ね飛ばしてやった。

決して迷わない。やると決めたら一瞬の隙を見つけて必ずやり遂げる。そうしないと、こっちがやられるからだ。

　しかし、親はそうは思っちゃくれなかった。「まるでやり口がヤクザだ」と親父からは敬遠され、お袋はいつも疲れた目で俺を眺めていた。二つ上に兄貴が、下には八つ離れた妹がいるが、俺はその二人に似ていない。妹だけは俺に懐いてくれていたが、家の中はあまり居心地がいい場所じゃなかった。それは学校でも同じで、噂《うわさ》が噂を呼び、俺と積極的に親しくなろうとする奴はいなかった。それは構わない。こっちは群れるのが苦手だ。相手に合わせて気の利いた会話なんて術《すべ》は持ち合わせていない。

　そんな俺に一人だけ親身になってくれる高校の先生がいた。名前は吉岡博典《よしおかひろのり》。担当は古文だったたっけか。その吉岡先生が俺に「空自に入ってパイロットを目指してみないか」と勧めてくれた。

「お前は地面で生活すると何かと小競り合いが起きる。どうせそうなら広い空でやれ。そこならお前は思いっ切り生きられる」

　空を意識したのはその時が初めてだった。

　俺は山口県防府《ほうふ》市にある防府基地で航空学生になった。先輩達の理不尽な扱《しご》きには時々突っかかることもあったが、空を飛べることに比べればそんなものはどうでもよかった。戦闘機乗りとして必ず一番になってみせる。ひたすらそのことだけを考えて毎日を過ごした。

また、波の音が聞こえ出した。想い出の中から現実へと引き戻される。

「お前は空自《ここ》の人間だ。命令には逆らえんぞ」

あんなこと、尊敬する西脇隊長に言わせるべきではなかった。だが、他の部署への異動はともかく、ブルーインパルスだけはイヤだ。アグレスとブルー。影と光。対極の存在。

「あんな明るいところに出ろってのかよ……」

再び迷いの中に沈み込む。自分らしくないとは分かっているが、こればかりはどうしようもなかった……。


異動の内示を知らされてから三日が経った。

俺は何事もなく過ごし、いつも通り淡々と訓練に臨んだ。西脇隊長は何も触れなかった。俺も必要なこと以外、何も話さなかった。ただ、アグレッサーのメンバーや整備員達の様子は明らかにおかしかった。皆、異動のことを聞きつけたんだろう。特に何かを言われたわけではないが、どう接していいのか分からない。そんな雰囲気が漂っていた。

昼飯の後、木陰の下でいつものように寝転んでいた。新田原でもお気に入りの場所があった。第23《ニーサン》飛行隊舎とアグレッサーの格納庫の間だ。そこは俺の定位置だった。小松でもそんな場所が見つかった。喫煙所に割と近くて、風向きによっては臭いがしてくるのが鬱陶《うっとう》しかったが、それを除けば新田原の時よりもいい。なんせここからは滑走路が見える。ここには303飛行隊と306飛行隊の二つのTAC部隊があるから、ひっきりなしにF－15が離着陸を繰り返している。エンジンの轟音《ごうおん》が響くと気持ちが落ち着くし、よく眠れる。しかし、今日はそんな気分じゃなかった。目を閉じても、頭が冴《さ》える一方だ。

よくねぇよな……。

いつまでも皆をこんな空気の中で過ごさせるわけにはいかない。何より自分が気にくわない。

「仕方ねぇ」

立ち上がって身体についた葉っぱを軽く手で払うと、そのまま飛行隊舎の方へ足を向けた。

「隊長、ちょっといいっスか」

ドアを開けて隊長室を覗き込むと、机に向かって書類に目を通していた西脇隊長が顔を上げた。

「松島、行ってきます」

「そうか」

「じゃ」

交わした会話はそれだけ。余計なことはなしだ。だが、お互いにそれで十分だった。

いろいろ考えたが、結局俺は戦闘機乗りだということがあらためてわかった。戦闘機から降りるなんてことは考えられない。ブルーの任期はたかだか三年だ。その間だけ我慢すれば、またどこかの部隊に異動になるだろう。もしかするとアグレッサーに戻れるかもしれない。確かにその間、技術は落ちる。しかし、再びカムバックした時、今よりも数倍訓練をこなして、遅れを取り戻すどころかその先に行ってやろうと決めた。

なんせ俺は空自のエースになる男だからな。

送別会の類はすべて断った。見送りもなしだ。俺はもう一度ここに帰ってくる。だから、正門を出る時も一礼もせず、振り返ることもなしに小松基地を後にした。

2

通常であれば基地から基地への移動は輸送機を使う。しかし、小松－松島間のルートは存在しない。まぁ、あったとしても俺は使わない。なぜなら愛車があるからだ。

経路は幾つかあるが、今回は最短を選択した。北陸自動車道の小松インターから高速に乗って日本海側を北上、新潟中央ジャンクションで磐越《ばんえつ》自動車道に乗り換える。そこから郡山《こおりやま》へは日本縦断だ。郡山ジャンクションから仙台南インターまで東北自動車道を一気に突っ走る。仙台に着いたら今度は太平洋側を再び北上開始。仙台南部道路、仙台東部道路を経由して仙台港北インターから三陸自動車道へ。矢本インターで高速を降りる。時間にしておよそ六時間ちょっと。気温は30度を優に越え、革ジャンの下は汗だくだが、バイク好きにはこれくらいなんともねぇ。残念なのは飛ばしたんで、あんまり景色を眺める余裕がなかったことくらいだ。まぁツーリングじゃねぇしな。のんびり風を受けて走るのはまた機を見てやればいい。

一般道に降りると、普通車と混じってかなりの数のトラックが走っていた。ここらは震災で壊滅的な被害を受けた。あれから六年以上が経ってるのに、工事は未だ継続中なんだろう。景色が霞《かす》んでるのは決して気温が高いせいだけじゃない。土埃《つちぼこり》のせいもある。その証拠にやけに口の中がじゃりじゃりする。

そのままトラックに挟まれるようにして県道43号線を進んだ。小松を出る前に地図で目付けにしておいたセブンイレブンで左折、しばらく進んでファミマのある交差点を右折する。言っちゃあなんだが地図を見るのは得意だ。めぼしいポイントを決めて、あとは方向を頼りに進めばいい。バイクだろうが戦闘機だろうが、そこら辺は同じ要領だ。

右手に見慣れた建物が見えてきた。官舎だ。そしてお馴染《なじ》みの緑色の建造物がズラリと広がる。宮城県東松島市矢本字板取《いたどり》85、ここが今日から三年間世話になる松島基地ってわけだ。

俺は正門手前の左隅にバイクを停めると、フルフェイスのヘルメットを脱ぎ、曲がった背中を伸ばすために大きく伸びをした。その間も前の道路をトラックや工事車両が、エンジン音と埃を立てて行き交う。

松島基地も震災で津波の被害を大きく受けた。真っ黒い水が滑走路を埋め尽くし、F－2や救難ヘリ、UH－60Jが横倒しになった無残な映像は俺の脳裏にも鮮明に刻まれている。しかし、今では滑走路の底上げ工事も完了し、青森の三沢《みさわ》基地に居を移していたF－2の戦闘操縦課程を担う第21飛行隊も戻ってきた。報告ではほぼ平常だと聞いている。

警務隊に着隊の報告をするため、歩いて警務室の方へ向かった。正門には水銀灯の下にでかでかとブルーインパルスのマークが描かれている。昼は肉眼で、夜は電気を灯して存在をアピールしてるってわけだ。こういう目立ちたがり屋の精神がとことん気にいらねぇ。そして俺は今日からその気にいらねぇところに所属することになる。

「浜名1尉、小松より着隊。所属は第11飛行隊」

警務室の窓口にいる若い奴に身分証を見せた。若い奴は俺の格好と身分証を交互にジロジロと眺め、「ご苦労様です」と言った。

「バイクで来た」

指で指し示すと、若い奴が身を乗り出す。

「あれで……」

「あぁ」

「車両の事前申請はされていますか？」

「いや。してねぇ」

「では臨時の通行証をお出しします」

若い奴が手続きをしている間、俺は革ジャンに貼り付いた埃を手で叩き落とした。色が黒だから白っぽさが余計に目立つ。

「11飛行隊は入ってすぐを左です」

「左だな」

若い奴から臨時の通行証を受け取ると、俺は再びハーレーの方へ歩き出した。俺同様、車体が白く埃にまみれている。時間を見つけて綺麗にメンテナンスしてやらなければならない。

あと、いいバイク屋も見つけねぇとな。

これればかりは地図を見るようにはいかない。ホームページを見たって分からない。いいことばかり書き連ねて、中身はスカスカって手合いも多い。実際に訪ねてみて、話をしてみないと分からないことは無数にあるものだ。

俺はハーレーの左側に立った。こいつのエンジンを掛けるにはちょっとしたコツがいる。アクセルを数回煽《あお》ってチョークを引く。左膝はシートに乗せ、右足はクラッチに置いて、ここから全体重を乗せて一気に踏み抜くのだ。「ガウン」と一発でエンジンが点火した。ガルガルと心地よいアイドリング音が響く。こいつのエンジンを一発で掛けられるようになるまでには相当苦労したもんだ。恥ずかしい話、スッ転んで怪我《けが》をしたのも一度や二度じゃない。まぁそういうのも含めて俺はこいつが気に入ってるんだが。

爆音を上げて走り出すと、正門に立っている別の警務隊員がびっくりした顔を向けた。俺はそいつの横をすり抜けて、基地の中へと飛び込んだ。時刻は午後二時、太陽は高く陽射《ひざ》しはきつい。ノンストップで走ってきたから無性に腹が減っていた。

BX《コンビニ》でパンを二個とコーヒーを買った。持っていくのも面倒だと思い、そのまま近くの空いてるテーブルで食べ始めた。隣の席では保険会社のおばさんが若い男に熱心に保険の加入を勧めている。自衛隊基地ではどこにでもあるありふれた光景だ。その時、俺の携帯が鳴った。画面を見ると懐かしい名前がそこに表示されていた。

「マサさん、どうしたんスか？」

「もしもし」も「ご無沙汰してます」も言わず、いきなり相手をTACネームで呼んだ。俺にとっちゃ数少ない本音を話せる人だ。いや、世話になったというべきかもしれん。尾白雅文《おじろまさふみ》2等空佐、いや……まだ3佐だったかな。新田原で教空隊を卒業して那覇の第

83航空隊に配属された時、マサさんはエレメントリーダー（四機編隊長）だった。陸では物静かで怒鳴ることなんてしねぇ雰囲気なんだが、空のことでは違った。新人でも一切容赦はなかった。訓練後のデブリはこの俺ですら毎回緊張したもんだ。完璧にその日の機動が頭に入っていて、ちょっとでもこっちが誤魔化そうとしたり言い訳をしたりしたら、たちどころに追い込まれる。まさしくグゥの音も出ねぇくらいにやり込められた。ただ飛ぶことから、いかに飛ぶかということを教えてくれた。それがマサさんだった。

「元気そうだな」

携帯の向こうから穏やかな声がする。俺はマメに電話なんかするタイプじゃないから、マサさんの声を聞くのも二年振りくらいかもしれん。

「そっちこそ」

軽く答えつつ、一瞬、教導隊からブルーに異動になったことを愚痴ろうかと思ったが、止めにした。

「今、どこにいる？」

「どこって……」

「早く来い。みんな待ってるぞ」

マサさんの言ってる意味が分からない。

「みんなって誰っスか？」

「決まってるだろう。ブルーだよ」

「――え」

さすがにこれには絶句した。

通話が切れた後もしばらくぼんやりした。そして、ようやくいろんなことが繋がった。これまで一番分からなかったこと、一体誰が俺をブルーに推したのかってことだ。ブルーのメンバー選考は自薦と他薦だ。どういうワケだか、なりたいって立候補する奴は多いと聞いてる。もちろんその意志は尊重され、篩《ふるい》に掛けられる。それで埋まらない時はミーティングを開き、名前を挙げて一本釣りをする。これはアグレッサーでもまったく同じだ。とはいえ、アグレッサーで自分から立候補してくる奴はそうはいねぇけど。

そうか……。そういうことだったのか……。

俺を推薦したのは間違いなくマサさんだと直感した。しかし、それでもまだ分からないことがある。なぜならこの俺にアグレスに行くよう勧めてくれたのも、他ならぬマサさんだったたからだ。

俺は隊舎の前に立ち、【第十一飛行隊】と漢字で書かれた立て看板を睨《にら》みつけた。ここを潜《くぐ》れば名実ともにブルーの一員となる。玄関のガラスに俺の姿が映る。青い制服を身に着け、白いマフラーを首元に巻いた自分などまったく想像がつかない。ましていまさら原付バイクのようなT－4に乗って空を飛ぶなどイメージできるはずもない。

「入りますか？」

どこからか現れた制服姿の自衛官がドアを開けた状態で、立ちっぱなしの俺に声を掛けてきた。「あぁ」と曖昧な返事をしてそのまま隊舎の中へ入った。床には赤いカーペットが敷かれ、左の壁には額に入ったブルーのメンバー達の顔写真がズラリと並び、右の壁には真上から見たブルー仕様のT－4のタペストリーと、精巧に作られた模型が飾られている。

「もしかして見学の方ですか？」

その場から動かない俺を不審に思ったのか、階段を上りかけたところで再び制服姿の自衛官が尋ねてきた。

「いや。俺もあんたと同じだ」

ポケットから身分証を取り出して見せると、その自衛官は「失礼しました。時折ファンの方が紛れ込んでくることがありますので」と言った。

「私、広報班長の柏木《かしわぎ》と申します」

折角上った階段を降りて近くに寄ってきた柏木が、居住まいを正して名乗った。中年にしてはスラリと背が高く細身の身体つきをしている。こういう男が広報を担当しているというのも、やはりブルーを抱える基地ならではなのかもしれない。

「浜名1尉だ」

「あなたが」

声のトーンを一段上げ、柏木は一度言葉を切った。広報班長なら俺の名前を知っていても別に不思議じゃないが、言葉の響きの中にちょっとした違和感があった。柏木は穏やかに微笑《ほほえ》むと、「こちらです。ご案内しますよ」そう言って先導するように再び階段を上り始めた。

二階に上がって左手に進むと柏木は慣れた手つきでドアをノックした。壁に貼られたプレートには隊長室と書かれている。いよいよブルーのトップとのご対面だ。

「どうぞ」

部屋の中から男の声がした。ドアを開けて柏木が中に進むと、「浜名1尉をお連れしました」と告げた。俺は続けて部屋の中に入った。

「浜名1尉、小松より着隊しました」

簡潔に報告した。

「連尺《れんじゃく》2佐だ。ようこそ11飛行隊へ」

今まで目を通していた書類を机の上に置いて、連尺は立ち上がって挨拶をした。俺はブルーの現隊長を正面から見つめた。短い髪、切れ長の目、背はそれほど高くはないが、服の上からでも引き締まっているのが分かる。しかし、なにより印象深いのは表情だ。柏木と名乗った広報班長もそうだったが、今、目の前にいる連尺2佐もうっすらと笑みを浮かべている。アグレッサーに笑みがないかと言われればそんなことはないが、初対面でこんなに和やかなムードになる印象はない。俺が初めて西脇隊長と会った時も、こんな雰囲気はまるでなかったように思う。

「知っての通り、今はシーズン真っただ中だ。週末もフライトの予定が入ってる。年々、その数は増す一方だ。全国を駆け巡ることになるから何かと大変だとは思うが、これも仕事だ。しっかり頑張って欲しい」

俺は直立不動で連尺2佐の話を聞いた。

「メンバーは向こうで航空祭用の訓練計画を練ってる」

連尺2佐はそう言うや、俺について来るようにと促した。

隊長室の隣の部屋はブリーフィングルームになっていた。広い窓からはさんさんと太陽光が入り、奥の窓からは滑走路が見える。大型のモニター、ホワイトボード、数台のパソコン、オープンスペースには真ん中にガラス張りの大きな机が置かれ、日本全土を示した航空図が挟み込まれている。

「みんなちょっといいか。浜名1尉が到着した」

緑色の飛行服を着た男達が一斉にこっちを向いた。その中にマサさんの顔もあった。

「来たな、ゼロ」

マサさんが立ち上がって俺の方へ近づいてきた。声は昔のまんまだが、なんだか痩せて身体の厚みが一回り薄くなったように感じる。

「マサさん、お久しぶりっス」

マサさんは俺の右手を摑《つか》み、強引に握手をしてきた。握力は昔と変わらず強かった。

「班長と浜名1尉は那覇で一緒だったんだよな」

連尺2佐がマサさんを「班長」と呼んだ。正しくは飛行班長という。隊長と班長の役割を簡単に言うと、隊長は飛行班、統括班、整備小隊全体をまとめる。班長は飛行班員のみをまとめる。部隊でいうところの両輪、親父が隊長なら班長はお袋という感じだ。もっとはっきり言っちまえば、隊長になるのは多くが防大出か一般大での士官。稀《まれ》に航学出の隊長がいたりもするが、数は少ない。部隊において航学出の最高位が班長ってのが定番という感じだ。

なるほど、マサさんがブルーの班長だったとはな……。ならば俺を一本釣りもし易かろうってもんだ。

「見ての通りナリはこんなだし、言葉遣いはなってない。オマケに目付きも悪い。とんでもないのが来たって感じでしたよ」

連尺2佐の問い掛けにマサさんは懐かしそうに笑って答えた。そして、「隊長、後は私が」と俺の紹介役を引き取った。

「今日から5番機付きとなる浜名1尉だ。名前が零児なんでTACネームはゼロ。名付け親は俺だ」

その場にいる全員が立ち上がって俺を見た。

「ほれ」

マサさんに脇腹を小突かれ、俺は「よろしく」と言った。メンバー達も口々に「よろしく」だの「よろしくお願いします」だのと返す。その場にいる全員が微笑みを浮かべて。そんな一同の顔を見つめながら、やはりここはブルーだ、表の部隊なんだとあらためて思った。そして、柏木の時に感じたのと同じような違和感を覚えた。それが何なのかまでは分からなかったが。

「ロック、今夜は十九時スタートだったよな」

まだ坊やみたいな顔をした童顔男にマサさんが呼び掛けた。

「はい」

ちょっと嫌な予感がする。だから先手を打って「歓迎会とかなら、いらないっスよ」と言った。

「のぼせるな。俺等《おれら》の飲み会の話だ。参加したかったらお前も来い」

これには参った。だが、こんな見事な切り返しをしてくるのがマサさんだ。俺は何も言えず、苦笑いするしかなかった。

着隊して三日が過ぎた。俺は隊舎の屋上に作られた観覧席に座って、ブルーの訓練を眺めていた。初日、二日目は基地の東側にある牡鹿《おじか》半島沖の洋上空域での訓練だったので、こうやってまざまざとブルーの飛行を見るのはこれが初めてだ。六機のT－4が滑走路上空を右に左に行き交いながら、ロール（横転）、ターン（旋回）、ループ（垂直旋回）を繰り返す。その様子を眺めながら、ブルーとアグレスとの違いを思った。

ぶっちゃけて言えば、両者の違いは「魅せる飛行」か、「隠す飛行」かということになる。アグレッサーにも一応編隊飛行はある。近くにまとまって飛ぶこともあるし、遠くに離れて飛ぶこともある。それは広い意味での編隊飛行であり、空戦の際に味方同士が助け合える距離を保つという明確な理由がある。一方、ブルーはそのすべてが編隊飛行だと言っていい。魅せるため、常に有り得ない距離まで接近し、密集して飛ぶ。TAC部隊やアグレッサーにおいて、このような飛び方は決してしない。なぜなら空戦においてはまったく必要のない飛び方だからだ。

階段を上ってくる足音がした。俺は視線を空に向けたまま、誰かが近づいてくる気配を感じていた。

「よっこいしょ」

隣に座ったのはマサさんだった。

「爺臭《じじくさ》いっスよ」

「何がだ」

マサさんがムッとして横目で俺を見た。俺はそれ以上何も言わずに視線を空へ戻した。しばらくの間、二人で黙ったまま空を眺めた。早朝の青空にT－4が吐き出した白いスモークがゆっくりと風に乗って流れていく。アクロ仕様のT－4には右エンジンのノズルの後に、スモーク発生用の小さなノズルが取りつけられている。パイロットが操縦桿《そうじゅうかん》のトリガー・スイッチを引くことにより、電動ポンプが作動して発煙油《スピンドルオイル》が噴射される。発煙油は排気の熱で一瞬で気化し、すぐに大気中で冷やされて固まる。この小さな油の滴がスモークになるって仕掛けだ。それにしてもバンバンと遠慮なしに吐き出すもんだ。一体どれくらいの容量があるものなのか、そいつが気になる。

「どうだ」

ふいにマサさんが口を開いた。普通のトーンだがしっかりと聞こえる。F－15の爆音に比べりゃT－4のエンジン音なんて蚊が飛んでるようなものだ。それにしても「どうだ」ってのは何だ？

「何がっスか」

「実に綺麗な空だと思わんか」

「はぁ」

俺は思いっ切り気が抜けた返事をした。だってそうだろう、あのマサさんから、鬼のように怖《おそ》ろしかったマサさんから、「綺麗な空」なんてよもやこんな気の抜けたセリフを聞こうとは思ってもみなかった。

「マサさんもすっかりブルーの人っスね」

正直な気持ちだが、もちろん嫌味も入ってる。

「当然だ。俺はここの飛行班長だからな」

マサさんは別に怒った風もなく、空を見上げたまま言った。何がそんなに嬉《うれ》しいのか、微笑んでさえいる。なんだよちくしょう……。ここにいるとみんなこんなヘラヘラした顔になっちまうのかな。そんなの俺は絶対に御免だ。

「なんだ、怒ったのか」

「別に」

「相変わらず分かりやすい奴だな」

「気持ち悪いんスよ。ここの連中、広報もパイロットもみんなヘラヘラして俺を見やがって」

「そこじゃないだろう、お前が気持ち悪く感じたのは」

そう言うや、マサさんは俺の目を見た。

確かにそうだ。ここに来た時から感じた違和感は、みんなが笑っているからなんかじゃない。もっと別のものだ。

「みんな、お前を計ってる」

「計る?」

「お前はアグレッサーのエースと言われた男だ。内側にいたお前には分からんかもしれんが、外からアグレッサーを見る者にとっては得体の知れんところがある。それに、お前には噂も多い。半分以上は出まかせだとしても、まんま嘘《うそ》ばかりじゃない。そんな男がブルーにやって来たんだ。何かと気になるのは当然だろう」

なるほど、そういうことか。

「要は俺にビビってるってことっスね」

「そういう物言いをする奴はここにはいないからな」

苦笑いを浮かべてマサさんが言った。

「一つ聞いていいっスか」

俺は気になっていることを切り出そうと思った。なぜ俺をブルーに呼んだのか、その真意がマサさんの口からはっきりと聞きたかった。納得できるかどうかは別にして、その理由を。どうにもこのままじゃ宙ぶらりんのままだからな。だが、ふいにマサさんが激しく咳《せ》き込んだ。咽《む》せかえるような激しい咳《せき》だ。みるみるマサさんの顔が赤くなる。

俺は慌てて背中をさすりながら、咳が収まるのを待った。

一分以上だったかもしれねぇ。ようやく咳が収まってきて、マサさんは背中に当てた俺の手をゆっくりと払った。

「どっか悪いんじゃないっスか」

二年くらい会ってなかったとはいえ、マサさんの様相は俺の記憶とは随分違う。急に十歳くらい老け込んだように見える。

「この前の飲み会ん時もあんま食べてなかったし」

「お前でも人の心配することがあるんだな」

「ないっスね。たまたま皿の上の食いもんが減ってねぇなって思っただけです」

マサさんはニヤリと笑って「別にどこも悪かねぇよ」と言った。

「それよりなんだ？　聞きたいことって」

なんとなく言いそびれてしまった。だから、全然違うことを口にした。

「早く空飛ばせてくださいよ。身体がなまっちまって仕方ねぇ」

これは本音だ。俺は根っからの戦闘機乗りだ。三日空を飛ばないと、身体が疼《うず》く。これはバイクに乗っても収まらない。他では替えが利かない感覚だ。

「T‐4はいつ以来だ？」

「一ヵ月前以来っスかね」

訓練生だった頃、芦屋《あしや》と浜松《はままつ》でこいつに乗っていた。新田原からはF‐15になった。そこから延々F‐15一筋だ。とはいえ、まったく乗らないということはない。覚えた操縦技術を忘れないように、アグレッサーでも月に一回か二回は必ずT－4に乗ることになっている。しかし、機体の感覚を完全にモノにするにはしばらく時間が要るだろう。特に俺と一体化したマダラ3号くらいの感覚を手にするまでには、下手すりゃ一年くらいは掛かるかもしれない。手足の如く機体を飛ばすってのは生半可でできるもんじゃねえ。

「なら、これから乗ってみるか？」

俺はマサさんの顔を覗き込んだ。穏やかだが目は真剣だ。どうやら思い付きで言ってるんじゃないらしい。

「なんで俺がここにいるのか、勘のいいお前ならとっくに気づいてると思ったけどな」

返事をする代わりに観覧席のベンチから立ち上がった。マサさんはそんな俺を見つめて嬉しそうに微笑んだ。

まるでおもちゃだな。

T－4を間近で眺めるといつもそう思う。バカでかいF－15に乗り慣れている身からすれば、こいつは本当に小さい。黄色いステップを昇ってコクピットに身体を押し込む。計器の数も操縦桿も、何よりスペースが狭い。愕然《がくぜん》とするほど違う。それに、コクピットから見える景色も全然違う。F－15の目線の高さがだいたい3・5m。それに比べてT－4は2m前後しかない。1・5mの差はこんなにも違うのかとあらためて驚かされる。しいてアグレッサーと同じところを挙げるとするなら、複座ってところだけか。

「いいかゼロ、あくまでも今日は慣らし運転だ」

後席に座ったマサさんが釘《くぎ》を刺してくる。

へいへい、慣らしね。分かってますよ。

でも、俺の慣らしは他の奴とはちょいと違う。「分かってますよ」と言いつつ、心の中ではそんなことを考えていた。それはマサさんだって気づいているだろう。なんせ俺の元鬼教官だったんだからな。

11格納庫の前では訓練を終えたブルー達が物珍しそうにこっちを眺めている。いや、計っているというべきか。アグレスのエースがどんな飛行をするのか、興味津々といったところだろう。いいねぇ、たっぷりと拝ませてやろうじゃねぇか。

「上がったら真《ま》っ直《す》ぐ金華山《きんかざん》に向かえよ」

「え？　ここじゃないんスか？」

「街の上で慣らしなんかやらせられるか」

そりゃそうか。しかし、そいつは残念だ。折角、集まってくれてるギャラリーに俺の腕を見せられねぇ。

「返事は？」

「へいへい」

「一つ減らせ」

「へい」

　底上げされたタクシーウェイを通って離陸位置に着いた。天候は晴れ。風は１・５ｍ。薄雲はあるが視界良好。管制塔からテイクオフの許可が下りる。俺はエンジンの回転数を上げた。振動が機体全体に伝わってくる。

「やっぱ原付だよな……」

　あまりの可愛らしさに呟きが漏れる。

「なんか言ったか？」

　マサさんが尋ねてきた。

「ゴチャゴチャ言ってると舌噛《か》みますよ」

　滑走開始。エンジンの回転数が上がる。操縦桿が軽いのが気になる。速度計が１００㎞に近づいていく。景色の流れ方でおよその見当はつくものだ。グンと操縦桿を引いた。機体が浮き上がる。左手には街、右手には海、正面には青一色が爆発的に広がっていく。

そうだ、これが空だ。

3

新しい基地に入ると必ずやることがある。最高の昼寝場所を見つけることだ。那覇でも新田原でも小松でもそれを見つけた。波の音と潮風が同時に楽しめたり、滑走路が一望できたり、芝の上に一人分の木陰があったりとそれぞれ特性は違っていたし、話し声や煙草《タバコ》の煙なんか多少気に食わねぇ部分もあったが、毎日通うことで少しずつ慣れ親しんでいった。格好の昼寝場所を見つけるのは俺の儀式だ。だが、松島ではまだそんなお気に入りの場所を見つけられていない。理由は幾つかある。

ここに来てすぐ、基地をぐるっと一周してみたが、案外広い。聞くところによれば敷地面積は東京ドーム78個分。滑走路も2・700mと1・500mの、主副路が二本ある。ここには俺の所属する第11飛行隊とは別に、震災以来ずっと三沢基地に移転していたF－2の教育部隊である第21飛行隊がある。これが第4航空団だ。その他に救難や捜索を行う松島救難隊、松島官制隊、松島気象隊、松島地方警務隊となかなかの大所帯で構成されている。ただでさえ所属している人数が多いのに、ここは他の基地では考えられないくらいひっきりなしに見学者が訪れる。ブルー見たさに老いも若きも基地へやってきて、ご丁寧に隊舎の屋上に作られた観覧席に座って歓声を上げる。修学旅行の見学地にもなってるってんだから驚きだ。こんな開けた環境は他の基地ではまずない。でも、そんなもんは大したことじゃない。

俺が昼寝場所を見つけられない一番の理由、それはブルーの慣習って奴だ。とにかく、連中は四六時中一緒に行動する。昼飯も必ず一緒に食う。大の男が毎日毎回、一緒に仲良く飯を、だ。それだけじゃない。デブリのあとはミニサッカーときたもんだ。組み合わせはその時によって様々で、年寄り組対若い組、出身地で西対東、血液型なんてのもある。これはすべて協調性やコミュニケーション能力を高める目的で行われている。一緒の時間を多くとることによって、自然と相手を理解する。それがどんな時でも息を合わせて飛ぶことに繋がるってワケだ。それに、空自の代表として多くの一般人と触れ合うことにもなる。社交性も必要不可欠ということらしい。

冗談じゃねぇ！

戦闘機乗りは所詮一人だ。孤独な存在だ。相手を倒すために己の技量を高める。それが存在のすべてだ。俺はこれまでそうやって生きてきたし、これからも変えるつもりはねぇ。こんな仲良しごっこに付き合わされてたまるか。

日が経つごとに、俺と他のブルーの連中との溝がはっきりとしてきた。これはある程度予想はしていたことだが、溝の深まり方は予想以上に早かった。特に現5番機の橋太《はしぶと》1尉との対立は鮮明になっていった。階級は俺と同じだが、歳は二つ上。広島県出身の家族持ち。スラリとしたイケメンで、とても女に人気があるんだそうだ。そんなことはどうでもいい。

「ブルーの任期は三年だ」

飛行隊舎の小部屋に俺を連れ込むと、橋太が切り出した。

「一年目は同じポジションの先輩に弟子入り。二年目は自立。三年目は飛びながら後輩の指導となる。一年目は基本、展示飛行はしない。ＴＲ（訓練待機）として所属番機の先輩隊員に就き、前席に乗ってアクロ課目を始めとする練成訓練が始まる」

橋太は先輩隊員というところに力を込めた。

「新人の着隊は四月と八月。着隊時期が違うのにはワケがある。シラバス（教育課程）が番機ごとに違うからだ。シラバスには大別してブラボー訓練（ベーシックのＢ）とアルファ訓練（アドバンスのＡ）があり、ブラボー訓練は40回。アルファ訓練は８回。これをおよそ八ヵ月間で行う。ただし、指示機である１番機、複雑な動きをする５番機、６番機はＢ訓練70回、Ａ訓練16回と回数が多く、一人前のＯＲ（任務待機）になるまでに一年二ヵ月から一年四ヵ月かかる。実質、人前で飛ぶのはＯＲになってから、二年目以降ということになる。要するに今のお前はド新人として、俺に弟子入りした身分というわけだ」

ド新人ね……。

初《しょ》っ端《ぱな》にマサさんと飛んだ際、俺はＴ－４に負荷を掛けた。オーバーＧギリギリまで。何ができて何ができねぇのか、機体の性能をきちんと体感しようとしたかったからだ。これは戦闘機乗りとしてごくごく当たり前のことだ。しかしこれが橋太の気に障ったらしい。「大切な機体を壊すのか！」と抜かしやがった。その場はマサさんが入って収まったが、あれ以来ずっと火種はくすぶり続けたままだ。そんな奴と事あるごとに一緒に行動しなきゃなんねぇ。鬱陶しいことこの上ない。

「質問は？」

橋太がファイルを閉じながら聞いた。

「別に。ないッス」

「ならこっちから言わせてもらう。二度と強い負荷なんか掛けるな。ここはアグレスとは違う。それからその言葉使いを直せ。俺はお前の友達じゃない」

こっちもそうだ。お前と友達になるなんてゴメンだ。

「返事は？」

答える代わりに首を振る。橋太は俺の顔を睨みつけた。まだ何かを言い足りなそうだったが「チッ」と小さく舌打ちすると、小部屋を出ていった。

一日が終わり、俺は隊舎を後にした。家に帰るにはまだ早い。どうするか思案していると、11格の方から音が聞こえた。もしかするとT－4のオーバーホールをしているのかもしれない。機体は外側だけでなく、中身も知っておいた方がいい。特に自分が操縦する機体なら尚更《なおさら》だ。俺は11格の方へと足を向けた。

そういや、整備に一人変な奴がいたな。先日、負荷を掛けたことを謝罪するため、酒を一本手に持って整備小隊に顔を出した。その時、ムッとした仏頂面の中に嬉々《きき》とした表情の若いのが混じっていた。しかもこの俺に馴《な》れ馴れしく、「加重の時の翼の具合はどうだったか」だとか「F－15との操作性の違いはどれくらいだ」とかあれこれ聞いてきやがる。俺のせいで残業だってのにだ。そんなことをまったく気にしていない素振りだった。それからもそいつの姿はよく見かけた。行く度に11格の中で必ず機体イジリをしていやがる。

ドアを開けて中に入ると、想像とは違って格納庫の中はガランとしていた。どうやらオーバーホールではないらしい。当てが外れたと思い、そのまま引き返そうとした時、人の気配を感じた。見れば機体の奥に薄《うっす》らと灯《あか》りが動いている。俺はもしやと思って灯りの方に近づいた。すると、やっぱりそいつが5番機の翼の上に乗って何やらガチャガチャとやってやがる。

「おい」

呼び掛けたが完璧に無視された。再び「おい、お前」と声を張る。すると、帽子を後ろ向きにしたマヌケ面をようやくこっちに向けた。

「あぁ、どうも」

「何してる？」

「何って……整備ですけど」

「5番機は昼間のうちにメンテやったはずだ」

午前のフィールドアクロの際、コクピットに何かがぶつかった。はっきりしたことは分からないが、大方バードストライクだろう。ブルー仕様のT－4は他の機体と違って陸地の上を飛んだり、高度が低いところを飛ぶ。そのためにバードストライクが起こりやすい。だから、キャノピーは二重構造になっている。時速1000km近いスピードで鳥とぶつかれば、キャノピーなんて簡単に突き破られる恐れがある。それを防ぐための特別仕様だ。

「はい、そうです。でも――」

「でもなんだ？」

「僕はやってませんから」

だから自分の手で触っている。というワケか……。

そいつを見ると小刻みに手を動かしている。まさかこの若さでアル中じゃあるまい。俺が話しかけるのを止めたらすぐにでも機体イジリを再開したいということだろう。

「林《はやし》」

そう呼んだらキョトンとした顔をこっちに向けてきた。整備小隊に顔を出した時、最後尾のプレートに書かれていた名前が確か林だった筈《はず》だ。どう見てもピッタリじゃねぇか。名は体を表す。難しい漢字ではなく、初めて会った時からなんとなくシンプルな名前のような気がしていたのだ。

「あの、僕は……」

「なんか言ったか？」

「いえ、なんでも……」

どうやら口下手らしい。まぁいい。男の喋《しゃべ》りなんざロクな奴がいねぇ。

「頼んだぞ、林」

俺がそう言うと、林は「はい」と答えた。

俺はドアの外に出る時、もう一度5番機の方を振り返った。林が手に持ったピンライトを当てながら、一心不乱に機体を覗き込んでいるのが見えた。

バカだな、アイツも。

俺にしたら、バカってのは最高の褒め言葉だ。俺は大きな音を立てないように、そっとドアを閉めた。


「どうだゼロ、大分アクロには慣れてきたか？」

T－4の後席から降りた俺に、先に降りて待っていたマサさんが声を掛けてきた。ヘルメットを脱いだ髪は乱れ、びっしょりと汗に濡れている。飛行班長であるマサさんももちろんブルーのパイロットだ。しかし、その立場は恵まれたものとはいえない。隊長と同格でありながら、基本的に出番はない。班長が飛ぶ時は隊長が病気や怪我など、飛べなくなった場合のみに限られる。これが七番目のパイロットと言われる所以《ゆえん》である。

「浜名、今日の課目、ちゃんと復習しとけよ」

橋太が睨みつけるように俺を見て、さっさと格納庫の方へ歩いていく。その様子を見つめていたマサさんが、「相変わらずツンケンしてるな」と苦笑した。

「俺は別になんともないっスよ。アイツがイライラしてるだけです」

「そんな物言いがあるか。仮にもお前の師匠だろうが」

「師匠ねぇ」

俺の師匠はあんただろう、マサさん。

俺はその言葉をグッと呑み込むと、マサさんと並んで歩き出した。

本格的に乗ってみてあらためて思うが、T－4はまるでおもちゃだ。その感覚は今でも変わっていない。ブルーの最大Gは7・5。しかし、演技は5強の範囲内で行われる。9Gという過酷な世界を体験してきた俺にとって、どれだけ振り回されてもどうということはない。ただ、スピード感覚だけは別だ。

アグレッサーは常日頃、海の上で訓練を行う。ブルーも金華山沖で訓練をやるが、フィールドアクロは地上だ。視界に入った対象物が次々に通り過ぎていく。F－15よりもスピードは圧倒的に遅いのに、凄《すさ》まじく速く感じるのには参った。だが、それ以上に堪《こた》えたのは編隊の位置だ。アグレッサーにおいて、接近距離はとても重要なことだ。複数の機が円形を作り、その内側には何があっても相手を侵入させないのがルールである。このルールを破れば大事故に繋がりかねないからだ。これがブルーでは逆なのだ。常にこの円の中に相手機がいる状態で飛ぶ。TAC部隊にいる時もアグレッサーでも、相手の機体の見え方は身体に刻み込まれている。空中で横にいる機体のネジ留めまで見えるなど、かつて体験したことがない。飛んでいる最中、さすがに声を上げることはなかったが、身体は激しく緊張しっ放しだった。もちろんそれを橋太の奴に悟られるようなことはしていない。マサさんにもだ。この俺が空で緊張なんかしてると知れれば、いいもの笑いのネタになるからな。

デブリを終えて真っ先に部屋を出ようとした俺を、連尺2佐が呼び止めてきた。深刻なことを切り出そうとしているのは表情や声のトーンで分かった。それに、だいたいの予想もついている。だが俺は普段通りを装って「なんスか？」と聞いた。

「向こうで話そう」

心配そうなマサさんの前を通り過ぎ、俺は連尺2佐の後について隣の隊長室に入った。

「ドアは閉めてくれ」

普段、ブリーフィングルームと隊長室を繋ぐドアは開け放たれている。閉めろっていうからにはよほど深刻な話をしようとしているんだろう。勧められるままに椅子に座り、俺は連尺2佐と向き合った。

「ここに来てそろそろ一ヵ月だ」

「ですかね」

「もう慣れてもいい頃合いだよな」

慣れてもいい頃合いときたか……。俺は曖昧に頷いた。

「なのに、そういう感じが俺にはしない。なぜだろうな」

随分回りくどい言い方をしやがるもんだと思った。

俺のことが問題になってるのは端っから分かってる。想いがすぐに態度に出るからな。それに、5番機の橋太との関係はギクシャクしたままだ。コミュニケーション能力を高める目的で行われるミニサッカーにも顔を出さない。ブリーフィングが終わればとっとと部屋を出ていくし、飲み会にも参加しない。

「はっきり言ってもらえませんかね」

俺は挑戦的に連尺2佐を見つめた。ただでさえ俺の目付きは悪い。こうして相手を正面から見据えれば、ケンカを売ってるようにとられることも多い。

連尺2佐は短い溜息《ためいき》を漏らすと、「他の隊員達から不満が出ている。このままでは飛行に支障をきたしかねないとな」

そこで一度言葉を切ると、「私も同意見だ」と続けた。

「それで？」

「選択肢は二つだ。君が態度を改めるか、それとも君をクビにするか」

正直、この言葉を待っていた。マサさんには悪いが、ここはこれまで俺が身を置いてきた厳しい空とはあまりにも違う。まったくやる気が出ない。

この一ヵ月は見取り稽古だった。各番機の師匠に付き、地上から、前席に乗って、それぞれの機動を学ぶ。その間、自分のサインを練習したり、展示用の青服の採寸などを行う。ブルーはその性格上、多くの一般観客と触れ合うことが多い。なので、独自のサインを持っている。サインはブルー異動が決まった時点で、自分で考えるように言われる。自分で作る奴もいれば、先輩ブルーに指南されたり、業者に頼む奴もいる。俺はサインなんか考えたくもなかったから、適当に業者に頼んだ。メットは以前の部隊で使っていたものを持ち込み、整備班にブルー用の塗装をしてもらう。自分の愛用のメットが青く塗られていく様は実に耐え難かった。その他にも展示訓練用のナレーション原稿を作ったり、実際に航空祭でナレーションを読み上げることもしなければならない。原稿には一応の定形もあるが、摑みのためのオリジナルコメントや、観客を飽きさせないタイミングの話し方などはセンスが問われる。練習は屋上や車の中。たまには動画を撮ってもらうこともある。

とにかく、やたらとやることが多い。それも、戦闘機乗りとして必要のないことばかりだ。

「知ってるか？　57年のブルーの歴史の中でアグレッサーからブルーに来た人数を」

初耳だった。昔にもそんな奴がいたのか。

「いや……」

「二人だ」

二人……。

その人達はどうだったのか、ふと知りたくなった。いや、聞くまでもねぇか。元アグレスなら、俺と同じ思いをしてるに決まってる。

「二人とも立派なブルーの一員として、最後まで勤め上げた」

「え……」

言葉が消えた。嘘だと思った。アグレッサーにいたパイロットがここで、こんなところで立派に勤め上げられるはずがねぇ。

空自においてブルーは光、アグレッサーは影だ。魅せることに技量を磨くブルーと、闘うことに技量を磨くアグレッサーは、性質上、まったく違う。サインをしたり、写真を求められたりするブルーと、堅い扉の向こうに閉ざされた秘密の部隊であるアグレッサーは、昔から犬猿の仲だったと聞いている。ブルーから見るアグレッサーは「偏屈で、協調性がなく、己が強くなることだけを考えている」ように見えるし、アグレッサーから見るブルーは「チャラチャラして、ベタベタと仲が良く、和を貴ぶ使えない存在」という風になる。

それが……立派に勤め上げただと……？

言葉を失った俺に連尺2佐が続けた。

「もし、アグレッサーよりブルーを下に見ているのなら、お前は浅い。飛行技術を高め、ひいてはそれが抑止力になるという点においては、どちらの部隊も目指すところは同じなんだからな」

話はそれで終わった。俺は黙ったまま隊長室を後にした。

完全に気を削《そ》がれちまった……。

隊長室に呼ばれた時、話の流れ次第ではクビになってやろうという気分ですらあった。たとえブルーをクビになったとしても、戻されるのはどこかの部隊だろうとタカを括《くく》っていた。どこでもいい。ギリギリと軋《きし》むような空を飛べるんなら、本当にどこでも良かった。本気でそう思っていた。しかし、「お前は浅い」と言われた時、なぜか返す言葉が見つからなかったのだ。

なんで俺はあん時、言い返せなかった？

分からない。だが、連尺2佐の言葉が身体の深い部分に刺さったことだけは分かる。

認めたくはないが、何かが俺の中で引っ掛かった。

仕事を終え、隊舎から駐車場に向かうアスファルトに、俺の細長い影が伸びている。時折吹く風もどこかしら冷たく感じる。いつの間にか秋の気配が濃くなっている。東北に住むのは初めてだったから、午後三時には夕方の雰囲気になることも、夏から秋にかけて、日没がつるべ落としのように早まることも知らなかった。ここに来た時に鳴いていた蟬も、すっかり鳴りを潜めてしまった。

やっぱり冬は寒いんだろうな。

そんな柄にもないことをぼんやりと思った。

いつものように愛車の隣に立つと、全身を乗せるようにしてクラッチを押し込む。だが、一発で決まらなかった。いや、一発どころではなく、何度やってもエンジンが掛からない。こんなクソみたいな日にはクソみたいなことが立て続けに起こるものだ。

「さてと……」

どうするか。置いてそのまま帰るってのはない。となれば修理しかない。ふと、頭の片隅に林のマヌケ面が浮かんだ。多分あいつは今も格納庫にいるだろう。手は借りなくていい。修理道具さえあれば。俺はキックスタートを諦めると、いつも以上にずっしりと重く感じる鉄の塊を押して、11格へと向かった。

「林、いるか？」

ガランとしている格納庫の中で林の名を呼んだ。

クソッ、こんな時に限っていねぇのか……。

諦めて他の整備員に道具を借りようと整備室へ行こうとした時、メンテ中のT－4のコクピットが開いた。中から顔を出したのは林だった。

「僕を呼びました？」

やっぱりいやがった。

俺は笑いを堪《こら》えつつ、「呼んだらすぐ返事しろ」と怒鳴った。

「はぁ」

林が腑《ふ》抜《ぬ》けた返事をする。そして、帽子を脱ぐと困ったように頭を掻《か》いた。

「エンジンが掛からねぇ。ちょっと道具を貸してくれ」

「道具だけでいいんですか」

林はようやくコクピットから這《は》い出してきた。

「いいから早く貸せ」

急《せ》かすように言うと、林は工具置場から一抱えほどもある工具箱を持ってきた。

「えーと、エンジンが掛からないんでしたよね」

そう言いつつ工具箱を開けた。中はペンチやらドライバーやら何に使うのか分からないネジや針金やらがぎっしりと詰まっている。だが、俺の目を引いたのは工具の数ではなく、収納のされ方だった。どこに何があるのか一目で分かるように、きちんと整理されている。実に完璧な並べ方だ。

こいつはほんとに機械イジリが好きなんだな……。

あらためてそう思った。

俺がエンジンの部品をバラシている最中、林はずっと隣から離れようとはしなかった。ハーレーに触りたくてウズウズしているのは分かったが、これは俺の宝モンだ。そう簡単に他人に触れさせるなんてことはしたくねぇ。

「やっぱりこれ、浜名さんのバイクだったんですね」

「あぁ？」

「駐車場に停めてあるのを見た時からそうじゃないかなぁって思ってたんですよ。機械は人を選びますからね」

聞いた風なことを抜かしやがる。でもまぁ、反論はないな。確かに機械は人を選ぶ。人が選ぶなんてのは大間違いだ。そこで俺はなんとなくコイツに乗ることを決めた理由を話した。こんな話は滅多にしねぇが、なんとなく林にはしちまった。林は黙って俺の話に耳を傾けていたが、聞き終えるとポツンとこんなことを言った。

「じゃあ、浜名さんはまだT－4には選ばれてないんだ」

俺はジロリと林を見上げた。

「どういう意味だ……」

事と次第じゃただじゃおかねぇという雰囲気を醸し出しながら。しかし、林は怖れる素振りもなく、「感じたまんまです」と答えた。

感じたままか……。

なるほど。確かにそうかもしれねぇ。俺はT－4に選ばれていない。ブルーが嫌いだからそうなのか、もともと肌に合わないのか、はっきりとは分からないが。

「僕もお礼に昔話をしていいですか」

「したきゃ勝手にしろ」

「はい。同期におかしな奴がいるんです。中身のことはさっぱり興味がないくせに、なぜだかどんな機体にも選ばれるんです。俺はそいつが飛ばすT－7やT－4、F－15を眺めるのが大好きでした。なんだか機体が喜んでるような感じがして、こっちまでゾワゾワッとしてくるんです」

林はその「おかしな奴」のことを語り続けた。航学時代、防府北、芦屋、浜松で訓練生だった頃。思い出すだけでゾワゾワしてくるんだろう。やたらと嬉しそうな目を浮かべている。

「お前も訓練生だったんならなんで整備士になった？　免か？」

「違います」

林はきっぱりと否定した。

「ウイングマークは取りました。でも、自分から断ったんです」

自分から……？

「なぜだ」

「本当に好きなのは飛ぶことじゃなく、機体の方だって気づいたからです」

そんな奴もいるのか……。

変わりモンだ。でも、こいつを見てるとその選択は間違ってないように思える。

「あいつも心の底からほんとに空が好きだから、どんな機体も空に上げたくなるんだろうなぁ。そうじゃないと説明がつかないもんな」

「ここにいる奴は、みんな大なり小なり空が好きな奴ばっかりだ」

俺だって空は好きだ。なんにも縛りのない真っ青な世界。自由だなんだと、言葉で言ってるだけの奴には決して分からない世界。ぽーんと一人になってしまえる、それでいていかに自分が砂粒みたいなもんかを身を持って教えてくれる。それが空だ。

「そうかぁ。そうですよね。ここにいる人達はみんな空が好きですもんね」

「当たり前だ」

林は二度、三度頷くと、「陸《りく》は今頃、どうしてるのかなぁ」と呟いた。

陸……。

俺は手を止めた。そして立ち上がった。

「終わりました？」

「今、陸って言ったか？」

林を見据えて言う。

「え？……ええ」

「それは坂上《さかがみ》陸のことか」

「浜名さん、陸のこと、知ってるんですか！」

俺は答えなかった。その代わり、クラッチに足を掛け、全体重を乗せた。一発でエンジンが唸《うな》りを上げた。

「やった！」

林がガキみてぇに手を叩いて喜んだ。

「ほらよ」

俺は手に持っていたスパナを林に投げ返すと、そのまま何も言わずに走り出した。

4

ブルーに週末はない。

その言葉通り、シーズン中の週末は必ずというほどどこかの街で飛んだ。といっても俺はただ後席に乗って、様子を眺めているだけだ。百里、築城、入間、浜松……。師走に入ろうかというのに、まだ芦屋と新田原、那覇の航空祭が残っている。

それにしても、この人の集まり具合はなんだ？

どこへ行っても基地の中は人で埋め尽くされている。俺が見知っている基地の様子が完全に一変している。ウォークダウンを眩《まぶ》しそうに見つめ、離陸すれば一斉に空を見上げてアクロを固唾《かたず》を呑んで見守っている。着陸すればサインに握手に写真撮影。まるでタレント並みの人気だ。噂では聞いていたし、何度か遠くから見かけたことはあったが、間近で生《なま》の光景を目の当たりにするとやはり驚かされる。ブルーだけがなぜこうも観客を魅了するのか、内側にいる俺には分からない。

結局、俺はまだブルーに留まっている。明確な理由はない。ただ、逃げ出したなんてレッテルを貼られることだけはプライドが許さない。しかし、心の中の霧は晴れるどころか、ますます深まっている。焦りもある。先日もF－15が離陸する様を見た。どうしても俺の視線はそっちに向いちまう。これから空に上がって戦技を磨くんだろう。ヒリヒリする空で格闘戦をやるに違いない。それがどうだ……。俺ときたら青い制服に身を包み、白いスカーフを首に巻いて、操縦することもなくただぼんやりと後席に座っている。ＯＲになるまで延々とこの状態が続くのだ。

何をやってんだろうな……。

そんな思いが込み上げてくる。


十一月二十六日日曜日、芦屋基地航空祭。これをクリアすれば年内の飛行は残り二つとなる。気象隊の報告によると、航空祭当日の天候は雨時々曇り。土曜日も似たような天気だという。そのため、大事を取って金曜日の午後に松島基地を離陸した。百里基地で給油した後、芦屋基地へは十七時十分に着陸。ほぼ定刻だ。

芦屋か……。

ここに来るのは訓練生以来だ。大きな松林に長い坂道。居酒屋「はまゆう」も昔のままだ。駐機場から宿泊場所として提供された官舎に向かう道すがら、照明灯に照らされた基地の中を眺めて歩いた。

「なんだ、キョロキョロして。懐かしいってか」

俺の顔を覗き込むようにしてマサさんが言った。

「ハッ！　怒鳴られた記憶しかありませんからね」

照れ臭さを隠すため、つっけんどんな言い方をした。

「そういや、ブルーも一時期この基地をベースにしていたことがあるんスよね」

震災が起きた時、ブルーはたまたま九州新幹線の開通式に合わせて祝賀飛行を行う予定だった。それであの津波から難を逃れたのだ。

「あぁ。松島に戻ったのは確か……」

「二〇一三年三月三十一日だ」

連尺2佐がマサさんの後を受けて正確に答えた。

「ここにいるのは全員、戻った後に編成されたメンバーだ。だから、懐かしいって感情はないな」

暗がりの中でも、連尺2佐とマサさんが顔を見合わせて笑うのが分かった。

「だから、そうじゃねぇって」

ムキになりかけた時、背後の滑走路の方から数台のエンジン音が聞こえた。すぐに分かる。音の主はT－4だ。それも赤いラインの入った通称レッドドルフィン。辺りはとっぷりと日も暮れているのに、これから飛ぶのだとしたら、計器飛行訓練だろう。俺は計器で飛ぶのが苦手だった。「目に頼り過ぎてんだ」って当時の教官連中に随分とどやされたもんだ。

きっとそんな奴が混じっているだろう。それでも、羨ましいと思った。なぜなら自分の手で操縦できるのだから。

今の俺はニワトリみてぇなもんだ……。

飛びたくても飛べない鳥。このままでは飛び方すら忘れてしまいそうだ。

航空祭当日は朝からあいにくの小雨模様となった。それでも続々と人が集まり、フライト前には既に十四万人を超えていると芦屋基地の広報班が報告してきた。

まったくどうなってやがるんだ……。

雨は時折小康状態を挟みながら、強く降ったり小雨になったりを繰り返している。そんな中、気象班と飛べるか飛べないかをギリギリまで協議した結果、シーリングは2500ｆｔ（約900ｍ）、第4区分で展示飛行をすることになった。

シーリングとは雲の高さのことを言う。ブルーインパルスのプログラムは垂直系課目と水平系課目があり、シーリングの状態によって四つの区分に分けられる。第1区分はシーリングが1万ｆｔ以上、第2区分は7000ｆｔ以上。ここまでなら垂直系課目が実施される。第3区分は5000ｆｔ、第4区分は3000ｆｔとなり、水平課目が多く取り入れられる。第4となると課目は水平に限られてくる。それでも雨の中集まった客からすれば、飛ぶってだけでラッキーだろう。

「復唱よろしく」と連尺2佐が呼び掛けた。メンバー達が一斉に手を突き出す。

「ワン・スモーク」

「ワン・スモーク」

連尺2佐から一呼吸遅れて、全員が復唱する。

「スモーク」

「スモーク」

「ワン・スモーク」

「ワン・スモーク」

トリガーを引く仕草を真似《まね》ながら、全員の呼吸が合っているかを確認する。俺はこいつがとんでもなく嫌いだ。だが、やれはする。毎回毎回飛ぶたびごとに同じことをするんだ。目を瞑《つむ》っていたってできる。

「ボントンロール・スモーク・ナウ」

「ボントンロール・スモーク・ナウ」

「レッツ、ゴウ」

一斉に席を立つところまでタイミングが同じとは……。まったくいい加減にしてくれ。息が詰まってくる……。


一番手前から1番機、2番機と駐機場には六機のT－4が等間隔に並んでいる。その前を青い飛行服を着た整備員達が行進してくる。整備員は途中で三名ずつに分かれ、それぞれが担当する機体へと向かう。その後ろから今度は六人のパイロットが横一直線になって進んでくる。これはウォークダウンと呼ばれる搭乗前のセレモニーだ。俺はその様子を5番機の後席から眺めていた。歩くスピードや手の振り方はそっくりだが、さすがに身長まで合わせるってワケにはいかない。谷あり山ありデコボコだ。ざまぁみろ。

「1番機、リーダー、連尺英一郎《えいいちろう》2等空佐。神奈川県出身」

拡声器から今日のナレーション担当、2番機付きの岡吉《おかよし》2尉の甲高い声が会場に響く。その声にタイミングを合わせ、連尺2佐が列から離れて1番機に向かった。

「2番機、レフトウイング、岩飛翔《いわとびしょう》1等空尉。東京都出身」

岩飛1尉もスッと列から離れて行く。

「3番機、ライトウイング、渡利俊《わたりしゅん》1等空尉。岩手県出身」

「4番機、スロット、野駒修二《のごましゅうじ》1等空尉。福岡県出身」

野駒1尉のところで観客の拍手が大きくなった。ま、地元だからな。

「5番機、リードソロ、橋太佑太《ゆうた》1等空尉、広島県出身」

列を離れ、真面目くさった顔をして橋太の野郎がこっちに歩いてくる。俺は正面を見据えたまま、橋太とは目を合わせないようにした。

「6番機、オポージングソロ、三山紀彦《みやまのりひこ》1等空尉。大阪府出身」

紹介が終わった。でもここにマサさんの姿はない。マサさんはひっそりと、離れた場所で待機しているはずだ。1番機に異変が起こらない限り、出番は巡ってこない。それが役割だとしても、あれだけの技量を持ったマサさんがこんな状態で据え置かれるのは悔しくてならない。本気で格闘戦をやれば、間違いなくこの中の誰よりも強い筈だ。

この俺にだって引けをとらねぇくらいに……。

整備員の手助けで、パイロット達は素早く耐Gスーツなどの装具を身に着ける。俺はまだ、ウォークダウンの訓練をやったことがない。股間に食い込むようなGスーツを人に見せるように着けるなんて、これまで考えたこともなかった。

一斉にパイロットがそれぞれの番機に乗り込んで、エンジンをスタートさせる。続けてプリタクシー・チェックだ。機体各部の系統や機能が正常に作動しているかどうか、整備員とハンドシグナルを交換しながらチェックする。

オーケーのサインが出た。キャノピーが閉じられる。途端、ざわついた歓声は遮断され、いつもの聞き慣れたエンジン音だけが狭い空間に充満する。1番機がゆっくりとタクシーアウトする。2番機、3番機が続く。

「浜名、手を振れ」

いきなり橋太の奴が命令口調で言った。ブルーである限り仕方のねぇことは分かってる。飛ぶ前に整備員に手を振ることはこれまでであった。しかし、にこやかに華やかに観客に向かって手を振るのはどうにも抵抗がある。

「早く振れ」

バックミラー越しに橋太がこっちを見てる。

一々うるせぇぞ。くそっ。振りゃいいんだろ。

俺はコクピットから観客に見えるか見えないか分からない程度に手を出した。

1番機から4番機が唸りを上げて離陸する。次いで、5番機と6番機も滑るように滑走路を離れた。予想よりも低層雲が低い。どこまでもべったりと灰色一色で、抜けに青空が見えるところなどない。右手に密集した黒い点が四つ見える。1番機から4番機がトレール隊形で海側から基地上空に進入し、滑走路上空で四つ葉を描きながら隊形を変化させて飛び去っていく。「シングル・クローバー・リーフ・ターン」だ。その様子を確認し、今度は5番機と6番機が空中で密接に翼を寄せ合い、そのまま滑走路へと向かう。やがて橋太が操縦桿を倒すと、天地が逆さまになった。「カリプソ」は背面飛行する5番機に6番機が背中を合わせるようにして飛ぶ。

「ワン・スモーク」

橋太が短く言った。今、ノズルから白煙が長い尾を引くように伸びているだろう。

俺はこの背面飛行ってのがどうにも苦手だ。逆さになることでGは反転し、マイナスとなる。それだけじゃねぇ。機体を小刻みに水平に保とうとすることでマイナスGは時として大きくなりやがる。F‐15でも背面になる時はある。急速上昇して機体を水平に戻す時、機体を一瞬転がすようにして立て直す。その方が楽だからだ。しかし、これだけ長い時間背面飛行をすることはない。永遠とも思えるくらいのマイナスGの中、心臓はせり上がり、今にも口から飛び出してきそうだ。こんな感覚はこれまで体験したことがなかった。

真上、いや正確に言えば真下だが、手を伸ばせば触れられそうな位置に6番機のコクピットが見える。これも気持ち悪さを倍増させる光景だ。こんな軽業《かるわざ》みてぇな芸当をすんのなら、自分で操縦してた方がまだ幾分か楽だろう。橋太とは性格も合わねぇが、操縦のタイミングはもっと合わねぇ。

「スモーク」

トリガーを引き、橋太が機体を戻す。俺は分からないようにマスクの中で深く深呼吸をして息を整えた。

今度は四機が「トレール・トゥ・ダイヤモンド・ロール」に入った。同じくトレール隊形で進入すると、ロール開始。波が打ち寄せるようなイメージで機体が泳ぎ、ダイヤモンド隊形に変化して抜けていく。続けて5番機のソロである「インバーテッド・ロール」。再び滑走路の手前で背面となり、そのまま二回連続のロールを行って再び背面へ。俺の身体にさっきよりも一層激しいマイナスGが襲い掛かる。

「うぐっ……」

再び心臓が飛び出してきそうになるのを覚え、意志の力で必死に抑え込む。数秒が数分に感じる。

早く戻せ……。

心の中で何度も念じた。機体が背面から通常へ戻った時、俺は橋太に悟られないようにマスクの中で深く深呼吸をした。

残りはすべて六機でのアクロだ。「オポジット・トライアング」はデルタ隊形で進入した後、2番機から4番機が同時に背面になる。そのまま編隊の間隔を狭めて、それぞれが異なった飛行姿勢のデルタ隊形を組む技だ。続けて「ダブル・ロールバック」。これもデルタ隊形で進入した後に、5番機と6番機が左右に大きくバレル・ロールを行いながら4番機の後へ貼り付く。2番機と3番機もそれに続き、巨大なスワン隊形を描き出す。

最後の締めは「サクラ」だ。連尺2佐の「スモーク・ナウ」の号令で一斉にスモークをたなびかせながら、六機が同時に360度の旋回を行う。

「スモーク」

俺はコクピット越しに後ろを見た。この角度からでは形ははっきりと分からないが、今、観客の頭上には六つの巨大な円が折り重なり、大きな桜の花が現れているだろう。

「帰投するぞ」

連尺2佐の声が無線越しに聞こえる。

終わった……。

小雨の降る中だったが、予定していたすべての課目は無事にこなすことができた。

展示飛行が終わって小一時間が過ぎた頃、俺は控室からトイレに向かった。小用を済ませ、トイレの奥にある窓から外を覗いた。大方の客は引き揚げ、基地はいつもの表情に戻りつつあった。少し気分転換をしようとトイレから廊下を抜け、建物の外へ出た。

――その時だ。

「あの……」

声に気づいて振り向くと、そこに幼稚園くらいの男の子と母親とおぼしき女が立っていた。

「これにサインを頂けませんか」

母親は手に持ったパンフレットを差し出してきた。俺はしまった、と思った。とっとと青い飛行服を脱いでくりゃよかった。だが、それも後の祭りだ。

「俺は……」

「息子がブルーインパルスの大ファンなんです」

母親は重ねて言った。男の子は黙ったまま俺を見上げている。

弱ったな……。

「お願いします。できれば写真も息子と一緒に」

「悪いけど、他の奴に頼んでくれ」

そう言うや、親子に背を向けて建物の中に足早に駆け込んだ。

だが、これが後に大きな問題になった。


「浜名を即刻クビにすべきです！」

翌日、松島基地に帰った後のミーティング終了後、橋太が強い口調で切り出した。俺がいる目の前でだ。これには連尺2佐やマサさん以下、全員が驚いた顔で橋太を見た。

「どういうことなんだ？」

連尺2佐が努めて静かな口調で問い質《ただ》すと、「理由を挙げたらキリがありません」と橋太が応じた。

「中でもですよ、昨日、こいつが芦屋基地でやったことは、俺は絶対に許せない」

昨日の芦屋基地で……。

何が橋太をここまで怒らせているのか、俺は記憶を辿《たど》った。

「浜名」

橋太が俺を見た。

「お前、親子連れに声を掛けられたよな」

言われて分かった。

「しらばっくれるなよ。ちゃんと見た奴がいるんだからな」

「別にしらばっくれるつもりなんてねぇーよ」

「おい」

マサさんが向かいの席から俺を睨んだ。物言いに気をつけろと言いたいんだろう。

「浜名、その親子連れと何があった？」

連尺2佐が尋ねた。

「サインが欲しいって言われたんスよ」

「それだけじゃないだろう！」

そう言って橋太が詰め寄るのを連尺2佐が手で制す。

「あと、写真も」

「それでどうした？」

「断りました」

「断った？　なぜだ？」

「俺はまだTRだ。その資格はねぇかなって」

これは本心だ。俺はまだブルーじゃない。見習いの身だ。自分で機体を操って初めて、パイロットと名乗れる。そう思っている。だから、あの親子には背を向けた。

「そんなもんは都合のいい言い訳だ！」

「なんで言い訳なんかする必要があんだ」

「お前はブルーが嫌いなんだ。バカにしてるんだ。アグレッサーより下に見てるのはみんなが知ってる。整備班も統括班だってな。だから、そんな態度を取ったんだ」

橋太は俺から視線を連尺2佐に移すと、

「隊長、ブルーは空自の顔です。自分はそう思っています。浜名のしたことはブルーの名を辱めるだけじゃなく、空自全体のイメージを損なうものです」

男のくせにぺらぺらと喋りやがるぜ……。

俺は橋太のよく動く口元を眺めた。

「なんとなくこうなることは予想はついてたけどな」

言ったのは3番機の渡利1尉だ。

「アグレッサーはブルーには馴染めない。求めてるものが違い過ぎる。だから俺は選抜ミーティングの時に反対したんだ」

渡利は斜め向かいに座っているマサさんの顔をチラリと見た。

「今更、その話を蒸し返してどうする」

仏頂面《ぶっちょうづら》を浮かべたマサさんが答えた。やっぱりな、思った通りだ。俺がここに来るのがすんなり決まったはずはねぇんだ。きっと最後まで揉《も》めまくったに違いない。それをマサさんが押し切ったんだ。

「今更ってこともないですよ。ロックもチェスもはっきり口には出さないけど、やりづらいと感じてるのはあるんじゃないのか?」

いきなり話を振られ、2番機の岩飛1尉と4番機の野駒1尉が顔を見合わせた。

「どうなんだ? 大事なことなんだからはっきり言え」

橋太が急かした。

「自分は……」

ブルーで最年少の岩飛1尉がおずおずと口を開く。

「まだゼロさんの訓練飛行にそんなに合わせたことないからよく分からないんですけど、技術が凄《すご》いなって感じることはあっても、合わせやすいなとはあんまり……」

「俺だって部隊からここに来た時はそうだった。回数重ねていけば解消することだ」

再びマサさんが口を挟む。

「チェスは?」

橋太はいつの間にかすっかり司会者気取りだ。

「飛ぶことに関してはなんの問題もないと思う。でも、ウォークダウンとかサイン会とか、魅せたり触れ合ったりってのはどうなのかな。正直、カメラ向けられてゼロが笑顔浮かべるとこは想像つかない」

俺もまったく同意見だ。自分のことながら、本当に想像できない。

「こいつだって冗談も言えば笑いもする。心配ない」

全部俺の代わりにマサさんが答えていく。それがイヤだった。答えられるのがじゃない。マサさんをこんな目に遭わせている状況にだ。俺が口を開こうとする前に、それまで腕組みをしたまま話を聞いていた6番機の三山1尉が話し出した。

「このままギクシャクすればブルーの連帯感が保てない。演技にも悪影響が出ます。下手すると事故になる可能性だってある。それが一番怖い」

連尺2佐は唇を結び、机の一点を見つめている。

ブルーが最も恐れるのは事故だ。古くは一九八二年十一月十四日、当時まだ使用機がT－2だった頃、浜松基地で行われた航空祭において4番機の引き起こしが間に合わず、そのまま駐車場に突っ込んだ。パイロットは殉職、民間人にも負傷者が出た。一九九一年七月四日には金華山沖で訓練をしていた四機のうち二機が墜落する事故が起きた。原因はバーティゴ（空間識失調）とされたが、真相は分からない。ただ、当時の編隊長は部隊の中で孤立状態だったと囁《ささや》かれた。ブルーが発足して四十年目、第11飛行隊となって五周年目の二〇〇〇年七月四日、現在の仕様機T－4で金華山沖で訓練を終えて基地に帰投する途中、5番機と6番機が石巻市の光山山頂付近に突っ込んだ。原因は海霧のなかで高度を下げ過ぎたためと言われる。この事故でパイロット三名が殉職した。

原因はなんであれ、ブルーが事故を起こしたとなれば、航空自衛隊全体が問題視される。存続自体が危ぶまれてしまう。それほどブルーは目立つ。まさに光と影。教導隊とはまったく違う……。

「それはちょっと意見が飛躍し過ぎだろう」

ここでもマサさんが異議を唱えた。

「事故は――」

俺は立ち上がった。これ以上、マサさんに言い訳をして欲しくない。そんな役回りを頼んでまで、俺はここにいたくはない。

マサさんだけでなく、他のメンバーも俺を見た。何を言うのか、誰もが息を殺して待っているのが伝わってくる。

「ゼロ、座れ」

連尺2佐が促したが、俺は一同に背を向けた。

「あとは皆さんでやってくださいよ。どんな処分でも受けますんで」

もちろんクビも含めてだ。

それだけ言うと、俺はブリーフィングルームを後にした。

時刻は午後四時過ぎ。帰宅するにはまだ間がある。俺は階段を上り、屋上へ続く鉄の扉を開けた。外に出るとチラホラと雪が舞っている。ここは東北でもうすぐ師走だ。そりゃ雪も早いか。小松から松島に異動になって四ヵ月、ここに来た時は真夏でそこらじゅうで蟬が鳴き喚《わめ》いていた。薄暗くなった基地の中を照明灯が照らしている。人の気配がなく随分と寂しい印象だ。寒くて部屋の中でコーヒーでも飲んでるんだろう。俺は先端の手摺《てす》りまで進むと両肘をついて寄り掛かり、滑走路を眺めた。

誰にも言ったことはないが、実をいえば少しずつブルーが面白いと感じ始めていた。もちろん煩わしさが圧倒的なんだが、それでもブルーの機動は今まで一度も経験したことがないものであり、頭ではなく身体の方が先に楽しみ始めていた。これをマスターした後、部隊に戻ってどう活《い》かすか。それを考え始めると夜更けでも目が冴《さ》えた。だが、それも終わりだ。マサさんがいくら俺を支えようと、他が全員同じ意見だからな。これ以上俺がここにいたら、今度はマサさんが孤立してしまう。

明日、連尺2佐と話をするか……。

自分から身を退《ひ》く。降り続く雪を見つめながら、俺はそう決心した。

翌日、登庁するとその足で真っ直ぐ、隊長室の扉を叩いた。連尺2佐は机に向かっていた。この人は朝が早い。朝六時過ぎに出勤するのだが、だいたい誰よりも先に来ている。

「ちょっといいっスか」

声を掛けるとすぐ、連尺2佐は書類から顔を上げた。

「お話があるんですけど、三十秒くらい時間もらえますかね」

「俺も話がある。十五秒くらいで済むから、先に俺から話をしていいか」

お前はクビだ。以上。十五秒も掛からねぇな。俺は心の中で苦笑いした。

「どうぞ」

「お前の処分は保留。現状維持だ。以上。で、お前の話は？」

処分保留だと……。現状維持？　そりゃなんかの間違いだろう。

「でも、俺はブルーに向いてないって……」

「向いてるか向いてないか、そんなことは問題じゃない。要はやるかやらないかだ。お前はサインや写真を求められ、それを断った。その理由は自分がまだブルーとして、一人前じゃないと思ったからだと言った。それこそ、お前の中にやってやろうという自覚が芽生えた証拠じゃないのか」

「それは……」

「お前には高いプロ意識がある。パイロットとして、操縦技術を極めようというプライドがある。俺がいつか言ったことを覚えてるか？　ブルーもアグレッサーも目指すところは同じ」

はっきり覚えている。その時、連尺2佐はこうも言った。「アグレッサーよりブルーを下に見ているのなら、お前は浅い」と。

「見ての通り、ブルーはプロ集団だ。どんな状況でも求められる最大限のことを完璧にこなす。それはお前の本質だろう。マサがお前を推薦した時、こんなことを言ってたよ。あいつなら、これまでのブルーの殻を突き破り、新しいブルーを作れるかもしれんってな」

　マサさんがそんなことを……。

「新しいブルーってなんスか……」

「さぁな、それは俺にも分からん。分からんから、楽しみでもある」

　そう言って連尺2佐は笑った。

「仕事に戻っていいか？」

「あ……はい」

　俺は狐《きつね》につままれたような感じで隊長室を出た。マサさんの想い、求められているものはさっぱり分からない。しかし、俺がここから出ていくことはなくなった。だとしたら、やることは一つしかない。

　ブルーの機動を極める。

　もう考えるのはやめだ。頭の中から余計なことを消し去ると、俺はブリーフィングルームへ向かった。今日の一回目のフライトは朝八時から、金華山沖だ。

5

那覇基地での航空祭が終わった。これで年内での展示飛行はすべて終了した。ブルーは束《つか》の間《ま》のシーズンオフに入った。

師走も押し迫った週末、一泊二日でマサさんとツーリングに出た。といっても、マサさんは車だ。落ち合うのは現地。場所は県の北側にある大崎市、鳴子《なるこ》温泉だ。俺は特別温泉好きじゃねぇし、風呂もカラスの行水。鳴子に行こうと決めたのはマサさんだった。泉質が硫黄泉《いおうせん》なんてのはどうでもよかったが、こっちに来てから一度も遠出をしてねぇ。俺はすぐさまそのオーダーに賛同した。せめて晴れていれば気温ももう少し上がるんだろうが、今日はあいにくの曇り空だ。最高気温が3度。ここらの十二月の平均気温は6~7度ということだから、この時期としてはハズレってことになる。

ヒートテックを下に着こんで、その上からいつもの革ジャンに革パンツという出で立ちで愛車を転がした。もちろん身体に当たる風は冷たい。分厚い手袋をしていても、ごついブーツを履いていても、指先がジンジンとかじかんでくる。それでもそんなものは些細《ささい》なことだ。エンジンの振動に身を任せ、流れ行く景色をなんとはなしに眺める。心がすーっと安らいできやがる。あらためて俺はバイクが好きなんだと思う。

矢本からいったん下に下がって346号線の佐沼街道を北上。玉地裏の交差点を左折して108号線の涌谷《わくや》バイパスに乗る。途中、幾つかバイパスの名前を変えながらも、ずっと一本道だ、迷うことはない。ところどころ渋滞に引っ掛かったが、四時間足らずで目的地に着いた。宿泊する旅館の駐車場を一巡りしてみたが、マサさんの車は見当たらない。車がバイクより時間が掛かるのはいつものことだ。着けば携帯に連絡があるだろうと思い、その間、すぐ側の鳴子峡へ足を伸ばすことにした。

宿から五分ほどの大深沢橋無料駐車場にバイクを停め、橋の方に向かって歩道を歩く。こんな寒風吹きすさぶ冬の日に散歩してる観光客なんざ、俺の他には一人もいねぇ。それがまた煩わしくなくっていい。

鳴子峡は北上川水系の荒雄川の支流、大谷川が形成したものだ。川の水に削られて辺りには奇岩が多い。一面には落葉広葉樹が茂り、アカシデ、ミズナラ、カエデなどがみられる。特に紅葉の季節には色とりどりの素晴らしい景色が広がる。

……なんてな、さっき看板に書いてあった。

俺は大深沢橋の真ん中辺りで立ち止まり、ぼんやりと辺りの景色に目を向けた。今や紅葉の欠片《かけら》もねぇ。葉っぱはみんな落ち、代わりに薄らと雪が積もっている。見るからに寒そうな峡谷を、時折風が吹き抜けると、ゴーッと唸り声が上がった。そういや昔、ビデオで見た景色もこんな感じだった。深い峡谷の間を縫うようにしてF－15が飛んでいく。『レッドフラッグ・アラスカ』。毎年、アイルソン空軍基地で数週間にわたって行われる米軍と友好国との空戦の軍事演習だ。空自からも小松の306飛行隊が参加している。初めてその映像を見た時、ゾクゾクしたのをハッキリと覚えている。俺もいつかこの演習に参加したいと強く思った。同時に、今一つ臨場感が摑めなかった。対地感覚のことだ。空自のパイロットのほとんどは海の上を飛ぶ。『レッドフラッグ・アラスカ』で行われるような渓谷を抜けたり、地面すれすれを飛んだりすることは不可能な話だ。しかし、今は違う。あの対地感覚がなんとなく肌で分かる。まさかそれをブルーインパルスで学ぶことになるなど思いもしなかった。マイナスGを含めたアクロの機動とこの対地感覚を持って再びF－15に乗ればどんなことになるのか。考えるだけで身体が震えてくる。

——と、その時、携帯が振動した。表示はマサさんだ。

「もしもし、ようやく着きましたか」

「ようやくは余計だ」

マサさんの怒鳴り声に軽く笑った。

「今、どこだ？」

「橋の上っスよ」

「橋ぃ？　この寒いのにか」

「爺様はこなくていいっスよ。これから戻ります」

それだけ言うと通話を切った。今頃、一つ二つ、俺への悪態をついてるはずだ。このまま放っておけばその数はさらに増える。

そうならない内に戻るとするか。

俺は踵を返すと、来た道を後へと戻り始めた。

泊まったのは創業が大正時代という古い旅館だった。建物の前にある赤い橋を渡り、俺とマサさんは玄関を開けて中へ入った。中年のにこやかな仲居に案内されるまま廊下を歩くと、ギイギイと木製の床が音を立てた。

「こちらでございます」

仲居が障子を開ける。部屋の中は余計な調度品などなく、畳とテーブルと座椅子がある。実にシンプルで俺好みだ。俺はリュックを隅に置くと、庭の見える窓へ近づいた。庭もまた余計な装飾はなく、きちんと手入れが行き届き、静かな佇まいを見せている。

「どうだ？　気に入ったろう」

マサさんが言った。声の響きの中に自信めいたものを感じる。お前の好みくらいお見通しだと言わんばかりだ。

「まぁまぁっスね」

そのまま認めるのは癪《しゃく》に障る。

「お前の『まぁまぁ』は最高ですって意味だからな」

「まぁまぁはまぁまぁっスよ」

「相変わらず可愛げのねぇ野郎だよ」

可愛げねぇ。そんなものはいらねぇだろう。でも、そんな風だから、いらねぇ波風が立つのも事実だ。

「ふふふ」と仲居が声を上げて笑った。

「仲の宜《よろ》しいことですね。ご兄弟ですか？」

俺とマサさんはお互いの顔を見た。まさに完璧なシンクロで。

「まさか！」

「冗談じゃない」

声を上げるのも重なった。それを見ていた仲居が再び笑った。

「すみませんねぇ。でもお二人、どことなく雰囲気が似てらっしゃるもんだから」

「それ以上言うと、仲居さんと話したくなくなりますよ」

マサさんが釘を刺し、「あいつは会社の部下です」と言った。俺はちょこんと頭を下げた。

似てるか……。

そうかもしれねぇな。俺は部隊にいた頃、マサさんに憧れていた。この人のように飛んでみたいと思い過ぎて、私服や髪型まで似せていたこともあったっけ。思い出すと恥ずかしくなるくらい情けねぇ話だが。

それから仲居はマサさんと二言三言話をし、「ご用の時はいつでもお呼びくださいね」と言い残して部屋から出ていった。残されたのは男二人。いきなりしーんと静まり返った。別にくっちゃべって時間が経つって柄でもねぇ。

「飯にはまだ早いし、風呂でも行くか」

それくらいしかやることはなさそうだ。


露天風呂はいい湯加減だった。泊まり客は他にもいるんだろうが、夕方だからなのか、浸《つ》かっているのは俺だけだ。雪見風呂っていうには雪が足りないが、庭の木々や岩の上には薄らと雪が積もり、なかなか風情がある。静かな空間。口火を切るのにぴったりだと思った。連尺2佐が語ったマサさんの言葉、「これまでのブルーの殻を突き破り、新しいブルーを作れるかもしれん」。その真意は何なのか、これだけは聞いてみたい。

「マサさん、貸切っスよ」

俺は湯船の中からマサさんを呼んだ。

「おう、今行く」

脱衣所から声がして、タオルを腰に巻いたマサさんが現れた。俺はその姿を見て、危うく声を上げそうになった。二年振りに顔を見た時、瘦せたとは思っていた。しかし、毎日会う内にそれも見慣れてしまっていた。だが今、裸のマサさんを見てその瘦せ方が尋常じゃないと思った。逞《たくま》しかった筋肉はみる影もなく、肉は削《そ》げ、あばら骨が浮き出している。昔を知っているだけに、その姿は衝撃だった。俺はマサさんに気づかれないよう視線を庭へと向けた。

「おー、気持ちいい」

マサさんが満足気な声を上げげた。

「いっぺん、ここに来てみたかった」

「俺なんかより、ご家族と来りゃいいのに」

「まぁいいじゃねぇか」

会話をしながらも、なるべくマサさんの方を見ないようにした。瘦せたことにも触れないようにした。その方がいい。そう思った。

俺達はそれから三十分くらいぼんやりと湯船に浸かった。ぽつりぽつりとマサさんが何かを言い、それに俺が答える。あそこの店の味付けが美味《うま》いとか、日本酒は何の銘柄がいいとか、他愛の無い話だ。仕事の話は一切なし。会話が途切れると静かになった。鳥の鳴き声も聞こえず、人の話し声もしない。黙っていると雪が木の枝や岩の上に落ちる音が聞こえてきそうな気がした。しかし、俺の鼓動はずっと早鐘のように打っていた。マサさんに聞こえそうなくらいに……。

「あぁ、のぼせそうだ」

わざとらしく大袈裟《おおげさ》に言うと、俺は湯船から上がり、逃げるように脱衣所へ入った。

その後は飯を食って酒を飲んで眠った。ただそれだけ。何を食ったか、何を飲んだか、あまり覚えていない。結局、俺はマサさんに何も尋ねることはできなかった。何かの病気じゃないかと聞く勇気もなかった。何か決定的なことを言われそうで怖ろしかったからだ。

「じゃあ、また明日」

そう言って旅館の駐車場で別れた。雪は止み、空は晴れ渡っている。それがやけに苦々しく感じた。

年が明け、ブルーは石巻《いしのまき》市羽黒山《はぐろさん》にある鳥屋神社で安全祈願を行った。関係者一同で一年の飛行の無事を祈る神事だ。これはブルーに限らず、どこの部隊でも行われる。俺達パイロットにとっては今日が開幕ということになる。俺は神主の祝詞《のりと》に耳を傾けながら、時折辺りに視線を送った。マサさんの姿がどこにも見えない。会ったのは忘年会が最後だ。相変わらず食は細かったが、その時は朗らかに笑って冗談を飛ばしていた。

安全祈願が終わって神社から基地へ向かう途中、俺は連尺2佐にマサさんの欠席理由を尋ねた。連尺2佐は微《かす》かに険しい表情を浮かべたまま、「後でな」とだけ言った。良くない報告だということだけは分かった。専用のマイクロバスに乗り込み、基地へ向かう道すがら、俺はいつも以上に黙って外の景色を眺めていた。

ブリーフィングルームで新年の挨拶を行ったあと、連尺2佐が「マサのことだが」と切り出した。

「しばらくの間、休むことになった」

一同がざわついて顔を見合わせる中、俺は窓の外を見ていた。しばらくの間、休む。それは病気が治る間という意味だ。

治るのならそれでいい。治るのなら……。

「検査や治療で忙しいから、お見舞いは来ないで飛行に専念して欲しいそうだ。これはマサからの伝言だ」

何が専念して欲しいだ……、クソッ。

俺は椅子から立ち上がった。

「どうした？」

連尺2佐の問い掛けに「ションベン」とだけ告げて部屋を後にした。背中の方で橋太が「おい」と呼ぶ声が聞こえたが、そのまま無視した。

　便所の前を通り過ぎ、階段を降りて11格へ向かった。格納庫の中に一歩足を踏み入れると、目も眩《くら》むほど磨き上げられたT－4がズラリと横一列に並んでいる。俺はラダーに描かれた機体番号を確かめながら、ゆっくりと進んだ。目指すものは一番奥にあった。ラダーに何の番号も記されていない機体、マサさんのものだ。素手で触ったら整備員から嫌な顔をされることは知っていたが、それでも俺は機体に触れずにはおれなかった。ひんやりとした感触が手のひらを伝って全身に流れ込んでくる。エンジンオイルに混じって微かにスモークオイルの匂いがする。こいつはいつでも飛び立てるように準備ができている。なのに……肝心の主がいない。

　病名は聞かなくてもなんとなく想像がつく。露天風呂で見たマサさんの身体、あの痩せ方は普通じゃなかった。命が剝がれ落ちていってるみたいだった。もう、帰ってはこれないかもしれない。いや、二度と空を飛ぶことはできないかもしれない。そう思った瞬間、ガッと苦いものが胸にこみ上げてきた。

「どうかしたんですか？」

　いきなり声をかけられて俺は身体を固くした。このまぬけなトーンは整備員の林の野郎だ。

「別にどうもしてねぇよ」

　振り向きもせずに答えた。

「そうですか。機体に話し掛けてるみたいだったから。僕も時々直接触って機体の声を聞く時があるんで」

林は俺の隣に並ぶと、同じように機体に触れた。

「林、こいつは今、なんて言ってる？」

思わずそう尋ねた。林は右手で機体に触れ、しばらくじっとしていたが、やがて「早く飛びたいって」と答えた。俺はその瞬間、林の胸倉を摑み上げた。

「いい加減なことを言うんじゃねぇ！」

林は胸倉を摑まれたまま、抵抗もせずに俺をじっと見つめて、「そんな気がするだけです」と言った。

そんな気がするだけ……。

俺はしばらく林の顔を睨みつけていたが、手を離した。

「やっぱりどうかしたんですか？」

俺は何も答えられず、そのまま林から離れた。


それからあっという間に三ヵ月が経った。もう、今月の中旬には小牧《こまき》基地での航空祭だ。再び今年度のシーズンが始まる。俺はマサさんのことを頭の中から剝ぎ取るために、ひたすら訓練に没頭した。アクロの機動はもちろん、ナレーションもウォークダウンも。

あれほど抵抗感のあったサインの練習も繰り返しやった。マサさんの話を俺からすることもなかった。そうすることで、目に見えるものだけを現実にしようとした。

……マサさんが死んだと聞かされたのは、小牧から戻って翌日のことだった。病名は白血病。血液の癌《がん》だった。入院して四ヵ月足らずで、あっという間に逝《い》っちまった。こうなるだろうことはなんとなく予感していた。一度だけ連尺2佐にマサさんが入院している病院を教えようかと言われたが、きっぱり断った。会いたいけれど会いたくない。マサさんだって同じ気持ちだろうと思った。今考えれば、鳴子温泉に行ったのが、マサさんなりの別れの儀式だったのだ。それを無駄にはできねぇと思った。

それにしてもだ。なんの現実感もありゃしねぇ。いつものように訓練をして、T-4はそこにあり、空は抜けるように眩しくて広い。何も変わらない。なのに、マサさんはもういない。もう二度とあの笑顔を見ることはできない。「よう、ゼロ」と親しみを込めたあの声を聞くこともない。

葬儀はマサさんの出身地である福島県郡山市で行われた。俺達は仙台駅から東北新幹線で向かった。もちろんブルーのメンバー総出だ。葬儀場は郡山駅からほど近い寺で、辺り一面に桜が咲いていた。なんでも今年は早咲きなんだそうだ。花びらの舞い散る中、本堂に続く石段を上っていく。俺の前を歩く橋太の頭に桜の花びらが乗ってゆらゆら揺れているのが妙に可笑《おか》しかった。

俺はマサさんの嫁さんと息子二人の顔を見た。話には何度も聞いていたが、会うのは初めてだ。嫁さんは小柄だがしっかりとした態度で、時折周囲に笑顔を見せている。「ウチの嫁はなぁ」という切り出しで、よく自慢話を聞かされたっけか。マサさんが惚《ほ》れたのがなんとなく分かる気がした。上の息子は嫁さん似だが、下はマサさん似だ。特に目が。笑うときっと同じ顔になるんだろう。親父《おやじ》の跡を継いだりすんのかな。わからねぇな。

葬儀は一時間半ほどで終わり、ブルーのメンバーは出棺前、お棺に入ったマサさんと最後の別れを惜しんだ。しかし、ここでも俺はお棺の中を覗き込むことを頑《かたく》なに拒んだ。痩せて頬のこけたマサさんの顔なんて見たくなんかない。俺の中のマサさんは笑ってる顔だ。それを絶対に消したくはなかった。

葬儀から一週間ほど経った頃、飛行隊宛てにマサさんの嫁さんから手紙が届いた。生前の御礼と、わざわざ全員で郡山まで出向いてくれたことへの感謝がしたためられていた。それとは別にもう一通の手紙が添えられていた。封筒の表には「ゼロへ」と書かれている。

「これはお前宛てだ」

連尺2佐がそう言って差し出した。

俺は屋上の観覧席に行って封を切った。そこには見覚えのあるマサさんの、決して上手いとは言えない文字が記されていた。

【ゼロへ

なんで俺がお前をブルーに呼んだのか、話してなかったな。

初めて会った時からお前にはセンスがあった。それでいて、強くなろう、上手くなろうとする向上心もあった。だからお前はあの若さでアグレッサーに一本釣りされたんだ。

アグレッサーでのお前の様子は、同期の連中や西脇さんからも時々聞いていた。お前がエース級に育ってるって聞いた時はそりゃぁ嬉しかった。何しろ俺の教え子だからな。

でも、お前が戦競で負けたって聞いた時、やっぱりなとも思った。

いいか、パイロットは一人で飛んではいけない。何があってもだ。

お前は空では自分だけが頼りだ、自分の腕だけがすべてだ、そう信じてる。それは間違いなんだよ。だが、お前は口で言っても聞くような奴じゃない。だから俺は決めたんだ。ブルーに呼ぼうとな。ここは絶対に一人で飛べない。決して一人では成立しない空がある。お前がブルーでそれを学べば、もっともっと空は広がる。

それにな、ブルーの未来にとってもお前のような劇薬を入れるのはいいことだと思ってる。ブルーが好きで、編隊飛行が性に合ってるパイロットばかりが集まっていたんじゃ成長はない。いつもと同じにしかならない。お前みたいな奴が中に入って引《ひ》っ掻《か》き回し、ぶつかって、そこからどう変化を遂げるか。俺はそれに期待してる。

怒るなよ、お前のためを思うのとブルーの未来のためを思う、どっちにもいいってことなんだからな。

なぁゼロ、俺の分までしっかり飛べよ。

二〇一八年三月

尾白　雅文】

便箋《びんせん》に二枚、何度も何度も書き損じてボールペンで消してある。でも、指先に力が入らなかったんだろう、ちゃんと消せなくて下の字がはっきり見える。

くそっ、ちくしょう、なんで死んだんだ、マサさん、なんでだ。

「ウォーッ」という唸り声が自分のものだと気づくまで時間が掛かった。変な声だ。でも、確かにこれは俺の声だ。俺がなんか叫んでいる。……いや、違う。これは泣いてるんだ。物心つく頃から泣いたことがなかったから、泣き方がよく分からなくなっちまってる。でも、俺は泣いていた。唸りながら、叫びながら。涙はない。でも俺は間違いなく泣いていた。空に向かって。

6

マサさんが逝っちまってから一年半が過ぎた。俺はまだブルーをやってる。

去年の十二月に5番機のシラバスを終え、晴れてORとなった。今年は本格的なデビューであり、隊員を紹介するブルーの特製パンフレットにも俺の顔写真が載っている。一応笑顔なんだがな、あきらかに目が引きつってる。カメラの前で自然に笑みを浮かべるなんて芸当は俺には無理だ。アクロの方が断然簡単だ。

そういやブルーのメンバーも様変わりした。マサさんの代わりの飛行班長には、かつてブルーに所属して2番機だった背黒《せぐろ》3佐が出戻った。3番機の渡利1尉と4番機の野駒1尉は引退、うるせぇ橋太の奴もいなくなった。この冬には連尺2佐もいなくなる。隣には金魚の糞《ふん》みてぇに次期隊長となる青寺《あおでら》2佐がくっついてる。そして、俺にも弟子が出来た。

四月から十二月にかけてのシーズン中、飛行スケジュールはだいたい二十〜二十五回ほどが組まれる。ブルーをイベントに呼びたいという申し出は一向に減ることはなく、展示飛行の回数は増える傾向にある。出張に次ぐ出張。しかもだいたいは土、日だ。子持ちの隊員は子供の発表会や運動会などに出られない。結婚式も飲み会も予定が合わなくなってくる。だが、それについて文句を言う奴はいない。ブルーとはそういう仕事だ。ここにいる三年間、家族や友人と頻繁に会えないという覚悟はみんなが持ってる。むしろ大変なのは、フライトスケジュールの隙間を縫うようにして、TRを一人前にしなけりゃいけねぇってことだ。

「ラン、さっさとしやがれ」

さっきから飛行用具室の中で俺の弟子である島袋《しまぶくろ》1尉が、忙《せわ》しなく辺りを動き回っている。口では「はい」と返事をするものの、あきらかに焦った顔だ。俺はヘルメットを片手にドアの前に立ち、「早く来い」と鋭い声で言った。島袋は動きを止め、観念したかのようにヘルメットを掴むと、俺の後に付いて11格からエプロン（駐機場）へと向かった。エプロンには5番機のT－4のみが置かれ、整備員達がチェックを行っている。朝の光を浴びて、T－4の機体が眩しく輝いて見える。

着隊して間もない隊員に対し、いきなり編隊飛行はしない。当分は単機訓練を続けながらの見取り稽古だ。弟子を前席に座らせ、師匠が後席から指示を送りながら機動を見せる。やはり空の上でないと伝えられないことも多い。機動に慣れてきたら2機、4機、

6機と段階を上げていく。かつての俺もそうだった。

「おはようございます」

　声を掛けてきたのは林だ。

「いつでもオッケーです」

　相変わらずの抜けた顔だが、コイツの言う事だけは信用している。俺は軽く右手を上げ、ステップを昇って後席に座った。林もステップを昇って俺のベルト装着を手伝いながら、

「今日はシーリング、まったく気にしなくていいですね」と言った。真夏は過ぎたとはいえ、この暑い時期にこれだけ抜けがよくなるのもあまりない。普通、気温が高いとガスが発生してモヤがかかるものだ。

「だからってこの前みたいなこと、勘弁してくださいよ。掃除が大変なんですから」

「この前みたいなこと？」

　そこでさっきの島袋の焦った様子に合点がいった。

「酔い止め探してたのか」

　前席に座って準備をしている島袋に声を掛けると、「すみません……」と呟く。島袋は前回の訓練の時、一度ならず二度までも吐いたのだ。実に盛大に、胃液まで。

「ブリーフィングルームを出る時にはちゃんと……」

声が擦れて最後まで聞き取れなかった。

「ランさん、飛ぶ前から死にそうな顔ですし、今日は少し遠慮してあげてくださいよ。僕からもお願いします」

俺は林に向かって「知るか」と答えた。

「遠慮もクソもねぇ。戻しやがったらイジェクトして空にぶっ飛ばしてやる」

島袋と林が同時に俺の顔を見た。やりかねないと思ったのかもしれない。

「それがイヤなら耐えろ」

島袋は神妙な顔をして頷いた。


離陸直後、俺は「ローアングル・キューバン・テイクオフ」をぶちかました。上昇角を抑えながら滑走路上を超低空飛行し、滑走路の切れるギリギリで急上昇する。上空でループ反転したらロールしながら一気に降下し、再び滑走路をすり抜ける。島袋の呻《うめ》き声がコクピットの中に溢れたが、そんなものはあっさり無視した。この機動はリードソロを担う5番機だけのものだ。ブルーにおいて5番機は単独の技も多い。編隊でなく単機で魅せる飛行をするには、それだけの責任がある。

松島上空を旋回し、今度は「4ポイント・ロール」の態勢に入った。90度ずつの右ロールを四連続で行う技だ。カッ、カッ、カッとキレのある動きを表現するためには、T－4の機動性を熟知し、尚且《なおか》つそれを操縦するパイロットの技量も高くないとできない。言っちゃあなんだが橋太の技にはキレがなかった。はっきり断言してもいいが、俺の方が圧倒的に上手い。

続けて「360度&ループ」。水平旋回で直径900mの円を描いたら、そのまま約1000mまで上昇してループを行う。横と縦の動きが連続するので見ている側は楽しいだろうが、これがやってる方は意外とキツい。キツイといえば「ハーフ・スロー・ロール」もそうだ。ゆったりとした動きで水平にロールするのだが、戦闘機の機動ではほとんどやる機会のない背面飛行になるため、最初は大いに戸惑うことになる。俺もようやくマイナスGには慣れてきたが、背面飛行中のコントロールは今でも神経を使う。

もはや島袋は声を掛けても「はい」すら言わなくなった。目まぐるしく回る景色とGのせいで、吐き気を堪えるのが精一杯なんだろう。だが、これも5番機の宿命だ。絶対に乗り越えなければならない。

「ラスト行くぞ」

俺は旋回しながら機首を松島基地へと向ける。正面に滑走路が見えた。800㎞で突っ込むと、滑走路の真ん中辺りで操縦桿を引きそのまま垂直急上昇する。ロールで上昇しながら高度3000mまで一気に駆け上がる。これが「バーティカル・クライム・ロール」。

似たような機動がＦ－15にもある。「ハイレート・クライム」という急速上昇だ。強力なＦ１００エンジン２基が生み出す上昇力は、たった30秒で高度１万ｍに達する。俺はこれをやるのが好きだった。自分と機体が一体化して、とんでもないパワーを生み出す。そんな感じがするからだ。ロケットの打ち上げ時、人は操縦するというより貨物に近い状態におかれる。自分の力で自由自在に動かすことができる世界最速の機体はＦ－15をおいて他にはない。とはいえ、昔みたいに何がなんでもＦ－15だという考えは今の俺にはない。確かにＦ－15に比べてＴ－４の推進力は劣るが、この抜群の機動性は唯一無二だ。だからこそブルーのアクロが成立する。

「唸ってねぇでしっかり身体で覚えろ」

容赦なく島袋に発破《はっぱ》をかけた。スパルタかもしれねぇが、早い段階で５番機の機動を体感させようと決めていた。地上でいくら説明しようがビデオを見ようが、たった一回のフライトに比べればそんなものは比較にならない。編隊飛行は慣れれば誰でもできる。だが、飛び方ってのは違う。箸を持って飯を食うにしても、箸の持ち方にはそれぞれ個性がある。同じように飛び方にもそれがある。５番機の機動を理解し、その上で己の飛び方を見つけていく。これは体験から導き出したものだった。

そんなある日、プレブリーフィングの終了後に連尺２佐が切り出した。

た。

「ちょっといいか」

立ち上がろうとする者も番機の弟子に話をしかけた者も、一斉に連尺2佐の方を向いた。

「来年のオリンピックな、今日、正式に要請がきた」

喜びこそすれ、誰も驚いた様子はなかった。俺自身、薄々そうなるだろうと思っていた。五十五年前に東京で行われた夏季オリンピック、国立代々木競技場の空をブルーは飛んだ。そして、巨大な五輪の輪を空に作った。半世紀以上が経った今でもそのことを記憶している人は多い。ここにいる者は皆、それを直には知らない。しかし、人々にとってそれくらいインパクトの強いものだったのだろう。俺は連尺2佐の顔を見た。名誉ある舞台の要請を受けた割には浮かない顔に見える。

「なんかあったんスか」

ストレートに尋ねた。連尺2佐は「んー」と小さく唸りながら顎を撫《な》で、「問題があってな」と言った。

「昔の代々木競技場は屋根がなかった。だから、空が広く使えた。でも、今度のは屋根があるからな……」

設計者に俺達の飛行までを考えて設計しろってのは無茶な話だ。だが、確かに屋根があるのとないのでは見える範囲がまるで違ってくる。非常に狭い視界の中でどんなパフォーマンスができるのか。動きにはかなりの制限が掛かるのは間違いない。

「例えば『サクラ』をやっても、視界から食《は》み出す可能性があるってことですね……」

ロックの言葉を受けて、「食み出したら何がなんだか分からんだろうな。白い煙がたなびいてるだけ」とスリーが続けた。

「いや、問題はそれだけじゃないんだ」

深刻な顔のまま連尺2佐が続ける。

他にもある問題……。

俺は頭の中に最近のオリンピック開会式を思い浮かべた。やたらと派手な衣装と音楽、そして光が使われていた気がする。その時、ハッと思い当たった。

「夜だ」

俺の呟きに連尺2佐が頷いた。

「開会式のスタートは八時だ。夏場でももう陽はとっぷり暮れてる。昔は開会式も昼間だったからな。まったくこれでどうしろっていうんだか……」

珍しく連尺2佐が愚痴をこぼす。まぁ、そう言いたくなるのも分からなくはない。視界が狭い上に夜と来りゃ、一体何を見せるんだって話になる。それにしても夜か……。視界が狭くても明るい分にはまだ考えようもあるが、暗いとなるとどうすればいいのか。ブルーお得意のスモークも使えなくなる可能性だってある。

「まだ時間はあるし、落ち着いて考えよう」

俺達に言ってるのか、それとも自分に言い聞かせているのか分からない感じで連尺2佐が会議の解散を告げた。


その後も、航空祭のある基地に展開してはベースに戻り、自分の技量維持と弟子の訓練に明け暮れる日々が繰り返された。飛ぶように時間だけが過ぎていく。それでも俺の頭の片隅には常に開会式のことがあった。マサさんが生きていたらきっとこう言うに違いないからだ。

「ゼロ、お前ならどうする？」

戦闘機乗りはいつでもこの疑問を突きつけられる。

自分ならばどうするか？

そこから逃げるような奴は決していいパイロットにはなれない。そのことを言葉でなく態度でマサさんに示された。それにしてもだ。狭い範囲で演技をし、尚且つ夜を味方につけるってのは難問だ。まだ、どうすればいいのか何も見えていない。誰も、連尺2佐でさえ触れないのは、答えが見つかっていないからだろう。だが、そのヒントは意外なところに落ちていた。

八月二十二日、東松島夏まつりは晴天の下に行われた。ブルーは日頃の騒音の迷惑と復興の手助けとして、毎年、展示飛行とサイン会を行っている。基地の最寄り駅である矢本駅周辺には青い旗がはためき、青い法被《はっぴ》や青い服の鼓笛隊、青い浴衣やシャツを身につけた人が数多く行き交う。それどころかブルーのワッペンやタオルなどの限定品販売までもが行われる。これには最初、大いに面食らったもんだ。街の中を青い色で飾ろうだの、グッズ発売だの、自衛隊とは思えないお祝いムードだったからだ。ブルーに着隊して一ヵ月もない頃だったし、何よりブルーが嫌いで仕方がない時だったからこの衝撃は尚更だった。お前らはアイドルかと心底軽蔑したもんだ。だが、三年目となりゃ少しは違った目で見られる。俺も今やブルーの一員として少しは名も知られ、どこの航空祭でも「ゼロさん」とか「浜名さん」とか声を掛けられる。サインもすりゃ写真撮影にも応じる。もちろん笑顔でだ。昔の俺を知ってる奴はみんな驚く。何があったのかって。特に小松の航空祭で会ったアグレスの連中なんかは信じられないといった風にポカンと口を開けて眺めてた。

そりゃそうだわな。

本心を言えば抵抗はある。だが、これはマサさんの遺言みてぇなもんだ。俺とブルーの未来を信じて逝っちまったマサさんのな。

「浜名1尉」

百枚を超えるサインを終え、基地に帰ろうと会場を出た時、島袋が声を掛けてきた。

「こちらの方が写真をお願いしたいと……」

島袋の身体に隠れるようにして、母親らしい女と小学校低学年くらいの男の子が立っていた。

「息子がブルーインパルスのファンなんです」

母親が言った。すでに俺達の出番は終わっていたし、こっちは飯も食えていない。それが分かっている島袋はおそるおそる俺の方を見ている。俺は男の子に歩み寄った。もしかしたら初めてブルーのパイロットを間近で見るのか、それとも俺の顔が怖いのか、泣きそうな顔をして、左手で母親の手をしっかりと摑んでいる。俺は膝を付いて男の子に目線を合わせた。

「ブルーが好きなのか？」

男の子が頷いた。

「何番機が好きなんだ？」

男の子はしばらく考えてから、「5番機」と言った。俺は男の子の頭を撫でると、立ち上がると同時に抱え上げた。話をしている時は気づかなかったが、男の子は反対の手に花火の袋を握っている。

「靴が……」

母親が焦ったように呟く。男の子の靴の裏に付いた泥が俺の胸元に当たり、青い制服が汚れたからだ。

「汚れたら、洗えばいいだけのことです。ラン、撮ってくれ」

島袋は母親から携帯を預かると、「はい、チーズ」と定番のセリフを言いながら、縦、横合わせて三枚くらい写真を撮った。俺は男の子を地面に降ろすと、「花火をするのか」と尋ねた。男の子は首を振って「まだしない。夜になってから」と答えた。その瞬間、俺の頭の中に闇を明るく照らし出す火花のイメージが爆《は》ぜた。

そうか……。

「花火は夜が綺麗だもんな」

男の子は初めて笑顔を浮かべ、はにかんだように頷いた。


あいつは今日もいるはずだ。

思った通り、林の姿は11格の中にあった。T－4の下に潜り込み、ペンライトを当てながら一心不乱に整備に取り組んでいる。俺は林の足を摑んでそこから引きずり出すと、「話がある」と言った。

「フレアを……撒《ま》くんですか……」

さすがに林も驚いたようだ。

「できるんですか？　そんなこと……」

「誰もお前にそんなこと聞いちゃいねぇ。技術的にどうかって話だ」

林は腕を組み、しばらくT－4を眺めた。何か考えているんだろう、時折聞き取れないような声でブツブツと呟いている。やがて、「サーチライトの中に一際輝くフレアのラインって、それこそ花火みたいに見えるでしょうね」と言った。

「それ、やりましょう！」

「だから――」

「必ず可能にしてみせます」

それだ、その言葉を待っていた。


5番機を除いた1番機から6番機で空に五輪を描き、その中心を5番機がバーティカル・クライム・ロールで駆け上がりながらフレアを撒く。

ブリーフィングルームで最初にこのアイディアを伝えた時、一人として賛成する者はいなかった。一つ、1500mある円の直径を可能な限り狭めること。ただでさえ危険が伴う技なのに、それを更に小さくすることは限りなくリスクが上がる。しかも夜、視界の無い中でそれをやるのだ。だが、それ以上にメンバーを困惑させたのは、フレアを撒くという行為だ。

「あれは身を守るためとはいえ、兵器なんだぞ……」

三山1尉が俺を睨みつけるようにして言った。

平和の祭典であるオリンピックに兵器を使う。そんなことが許されるのか。誰しもの脳裏にそのことが過《よぎ》るのは予測できた。俺だってそれは分かる。しかし、TAC部隊にいた頃、アグレッサーにいた時、戦闘訓練の最中に何度もフレアを撒いた。

フレアとは赤外線センサーを目くらましするために用いる、デコイの一種だ。マグネシウムなど酸化しやすい金属粉末をベースに、戦闘機のエンジン排気口から放射されるのと同じ周波数帯の赤外線を出しながら燃焼するように作られている。激しく燃えるオレンジ色の光は真昼間でもはっきりと見える。夜なら、さながら花火と同じように見えるだろう。兵器と言われりゃ確かにそうだ。しかし、あの輝きに罪はねぇ。生かすも殺すも、それは使う側の問題だからな。

「それに、飛行機から街中に何かを落とすとなると、アレルギーがな……」

飛行班長の背黒3佐が重々しく言った。

確かに誰しも空から何かが落ちてくるのは気持ちのいいもんじゃない。それが戦闘機から落ちた物となりゃ、マスコミはこぞって大騒ぎをする。

「嫌なら別にいい。他になんか思いつくんならな。ただ、T－4だって立派な戦闘機だ。敵を殺すために作られた兵器に変わりはねぇ」

誰しもが圧し黙った。

どんなに美しく空を舞い、人の心を魅了しようと、それを行っているのは旅客機ではない。戦闘機なのだ。俺はずっとF－15で空を飛び続けてきた。アグレッサーとして、闘うためだけの空を飛んできた。俺は戦闘機乗りであり、戦闘に勝つために、ただそれだけを成すために生きてきた。そんな俺をブルーは否定した。戦闘機乗りの匂いを全身から発散させる俺に、自分達の置かれた矛盾を感じたからだ。俺から言わせりゃお前らこそまやかしだ。戦闘機に乗って空を舞っているのに、その現実から目を背け、平和の使者のように振る舞っている。

「俺はブルーに来てはっきり分かったことが一つある。人は兵器だろうがなかろうが、そんなことは気にしちゃいない。見てんのは、そいつの生き様だってな」

マイナスGなんて有り得ねぇもんに耐え、アクロバティックな飛行技術を磨き、とんでもねぇ至近距離に密集し、一糸乱れぬ様で飛ぶ。一歩間違えれば死ぬかもしれねぇ。それは本当に凄まじい努力によって生み出されたものだ。人はそのことに思いを馳せ、そのことを感じ、それを見る。だからこそブルーインパルスは大勢の人を魅了する。

「ゼロ……」

連尺2佐が口を開いた。

「お前の言いたいことは分かった。あとは俺に預けてくれ。責任を持って上と話をする」

俺は黙って連尺2佐に頭を下げた。

半年後、俺のアイディアは許可された。【HANABI《花火》】と名付けられた技は新しいブルーの演目として、オリンピックで初披露されることになった。今、ブルーは一丸となって、技の完成度を上げようとそれぞれが訓練に励んでいる。俺もまた林の試作した小型のポッドを取りつけ、何度も何度も空に上がっては空気抵抗による操作性の変化や、フレアの飛び出すタイミング、量などを検討している。文字通り、パイロットとサポートスタッフが一枚岩となって取り組んでいる。

「少しポッドの形状を変えてみました。自分の計算では前回のよりも抵抗が減らせるものになったと思います」

「計算ではな」

エプロンに出された5番機の横で、俺は林の説明を受けながら新しいポッドを眺めた。確かに前回のより細長い形状になっている。

「お前もいっぺんくらい前席に乗って確かめてみりゃいいんだ」

林は一度も自分の整備するブルー専用機に乗って空を飛んだことがない。

「だからパイロットを辞める時に誓ったんですって。乗るのは自分じゃない。自分は整備に徹しようって。何度も話しましたよね」

聞いたさ、何度もな。そしてお前は本当に整備に徹してる。その言葉に嘘はねぇよ。

俺はステップを踏んでコクピットに入った。島袋はすでに前席でスタンバイしている。俺は林に「そろそろお前の計算通りになることを願ってるぜ」と言った。林は賛同の意味を現す親指を立てて笑った。

タクシーウェイを走っている時、「そういや」と島袋がバックミラー越しに声を掛けてきた。

「どうして林って呼ぶんです？」

「何がだ？」

「村田《むらた》1曹のことですよ」

「村田……？　誰だ、そいつ？」

島袋が首を巡らして俺の方を見た。

「だから、ゼロさんが林って呼んでる……」

「あいつ、村田ってのか」

島袋が信じられないという具合に両目を開く。

「仕事ができりゃな、林だろうが村田だろうが、そんなのはどっちだっていい」

「ハハ……ハハハ……」

「なんで笑ってやがる」

「……いや、ゼロさんらしいなって」

「お前、今日は覚悟しとけよ」

「えっ！」

ギョッとなった島袋の顔がミラーに映った。

「ブルーインパルス05、松島タワー。クリアド・フォー・テイクオフ」

離陸許可が出た。また今日も俺は空に上がる。車輪が地上を離れた。白い雲の塊が俺の横をあっという間に通り過ぎた。

7

俺の予想通り、フライト直前のブリーフィングの頃には雨は完全に上がった。ブルーインパルスの面々は飛行指揮所の中にある会議室に集まり、フライト前の最終チェックに入った。今日はオリンピック開会式での展示飛行、航空祭のように着陸して誰かに会うことはない。だが、隊員達は皆、ブルーの正装である濃紺のフライトスーツに身を包み、襟元には真っ白のスカーフ、左腕にはブルーのパイロットの証《あかし》であるイルカをイメージした、ドルフィンライダーパッチを誇らしげに付けている。何よりチームワークと形式を重んじるブルーらしさがこんなところにも表れていた。

ハンカチで額の汗を拭いながら、若い気象隊員が都内上空のピンポイント予報を事細かに解説する。「雨上がったじゃねぇか」とよほどイジってやろうかと思ったが、止めにした。ただでさえ、説明する声が震えている。そんなことをすれば頭が真っ白になって、大事なことを言い忘れるかもしれない。

気象隊員が「以上です」と告げたあと、しばらく間を置いて、「シーリングが第2区分、それは間違いないんだな?」とメンバーの一人が尋ねた。現ブルーインパルスの飛行隊長、青寺2佐だ。青寺2佐が念を押したのは、今回の展示課目が水平と垂直を合わせた内容であり、このオリンピックで初披露することになる新技だからである。気象隊員はもう一度手に持った資料に目を落とし、「は……はい。それは……間違いありません」と何度もつっかえながら答えた。

「やれるな、ゼロ」

青寺2佐が細い目をこっちに向けた。

この人のTACネームはブッダだ。仏みてぇだからってワケじゃねぇ。以前の部隊では名前の青の一字を取ってブルーって呼ばせてたらしいが、ここじゃブルーはコールサインだ。変更するしかねぇ。ぽっちゃり体型で坊主頭で目が細いとくりゃブッダだわな。連尺2佐もなかなかセンスあるTACネームを残していったもんだ。

「誰に言ってるんスか」

腕組みをしたまま、俺は青寺2佐に返事を返した。

こいつの発案者は俺なんだぜ。できねぇワケがねぇだろう。

青寺2佐は軽く微笑むと、一同の顔を見回した。

「オリンピックだからといってなにも構える必要はない。練習でやってきたことを出す。それだけだ」

一同が黙って頷く。

「復唱よろしく。ワン・スモーク」

青寺2佐が言葉を発しながらトリガーを引く仕草をした。一拍置いて、ブルー全員が「ワン・スモーク」復唱しながら同じ仕草をする。

「スモーク」

もう一度トリガーを引く。これはスモークOFFの合図となる。

「ワン・スモーク」

「ワン・スモーク」

「ボントンロール・スモーク・ナウ」

「ボントンロール・スモーク・ナウ」

いつもと変わらない唱和の声が会議室の中に響く。訓練でも本番でも、飛行前に必ず行うブルーの儀式だ。

「レッツ、ゴウ」

青寺2佐の掛け声でメンバーは一斉に立ち上がった。どの顔にも、緊張も弛緩《しかん》もない。あるのはブルーインパルスのパイロットの顔だった。


辺りがすっかり暗くなった十九時二十八分、すべての機体が最終滑走地点にスタンバイした。目の前には先行する1番機から4番機が並んでいる。これまでに何度となく目にした光景だ。

「入間タワー、ブルーインパルス01、レディ」

青寺2佐が無線を通してコントロールタワーに呼び掛ける声が聞こえる。

「ブルーインパルス01、入間タワー。クリアド・フォー・テイクオフ」

管制官から離陸許可が出た。本来ならこれだけだが、管制官は最後に日本語でこう付け加えた。

「成果を期待しています」

「ありがとう」

青寺2佐が爽やかに応えた。

機体を唸らせて、四機のT－4が滑走していく。僅か十秒足らずで、夜空に菱形《ひしがた》を象《かたど》ったダイヤモンド隊形で浮かび上がった。それを見て、キャノピー越しに6番機の三山にハンドサインを送った。すぐさま三山が親指を立て、オッケーの合図を返してきた。

「なら、いっちょブチかますか」

「そうしましょう」

後席に乗っている島袋の姿がバックミラーに映る。バイザーを下ろし、マスクを付けていても高揚した顔が透けてみえるようだった。

ブレーキを離した。回転数の上がったエンジンは解き放たれたように推力を増し、みるみるうちに加速していく。6番機もピッタリと張り付いたようについてくる。浮かび上がる瞬間、視界の隅に駐機場に居並ぶ人影が見えた。帽子を手にドルフィンキーパーと呼ばれるサポートスタッフ達が大きく手を振っている。

成果を期待してますってか……。そんな神頼みみたいなもんはいらねぇんだよ。成果は自分できっちり出す。その証をよーくテレビで見てやがれ。

すぐさま視線を前に戻すと、操縦桿を引いた。機体がふわりと軽くなる感じがして、重力がみるみる消えていく。

たまんねぇな。

何度味わってもこの瞬間は最高だ。これだけはファイターパイロットをやった奴しかわからねぇ。

六機は入間基地を十九時三十分に離陸した。さいたま市上空を19時34分、川口ジャンクションを十九時三十五分に通過。すべて予定通りだ。編隊を組んでそのまま高度70 0ftで空中待機。これを十九時五十八分まで続ける。

「ゼロさん、下、見てください！」

さっきから雲の様子ばかりを見ていたら、後席から島袋に呼びかけられた。興奮しているのか、微かに声が擦れているように感じる。

「下がどうしたって？」

煩わしそうに答えながらコクピット越しに街を見下ろすと、その瞬間、ハッと息を呑んだ。

なんだ……。

そこは光の世界だった。赤、白、オレンジ、緑。あらん限りの無数の光が溢れ返っている。街全体が光に包まれ、まるで銀河が現れたかのような光景だった。これまでに数えきれないほど空から街を眺めてきたが、こんな景色を見たのは初めてだ。オリンピックというものの底力が、少しだけ分かったような気がした。

吸い込まれそうだ……。

そう思った瞬間、目線を切った。ファイターパイロットの勘が、これ以上下を見ることに危険信号を発していた。

「ラン、もう下を見るんじゃねぇ。バーティゴに入るぞ」

バーティゴはパイロットにとって危険なものだ。空間識失調。突如、平衡感覚が崩れ、機体の姿勢や進行方向の状態が分からなくなってしまう。今、地面が上なのか下なのか、機体が上昇しているのか下降しているのか把握できない。バーティゴが原因で命を落としたパイロットも数多くいる。島袋もそのことを感じ取ったのか、顔を上げるのがバックミラー越しに見えた。

「ありがとうございます。ちょっと入りかけてたかもしれない……」

島袋は素直にそのことを認めた。俺より四歳年上。なのに、言葉遣いは丁寧で、こっちの指示したことにはきちんと従う。正直、物足りなさは感じるが飲み込みは早い。きっといいブルーのパイロットになると思う。

「待機終了。これより最終目的に向かう」

青寺2佐の指示通り、六機は北西方向へと機首を向けた。19時59分、池袋上空を通過。もはや目的地は間違いようがない。銀河のような光の渦の中で、一際輝きを増している一角がある。楕円形《だえんけい》の構造物、木と緑をコンセプトに、この日のために造られたという新しい競技場。そこでは大勢の観客達が、今か今かとぽっかりと空いた屋根から夜空を見上げているはずだ。

「1、2、3……」

　青寺2佐が落ち着いた声でカウントを取り始めた。5番機を除いた五機がするすると先行していく。俺は最終ポイントを大きく迂回《うかい》するよう、海側に飛んだ。

　ジャスト20時、五機が新国立競技場の上空に到達した。

「スモーク・ナウ！」

　青寺2佐の掛け声で一斉に360度のターンを開始する。T－4がスモークノズルから真っ白な煙を吐き出するのが見える。やがて夜空に直径500m、全体で1500mもの巨大な五輪の円が描き出されていく。一気に高度を下げて空を見上げると、完璧な白い円が地上から伸びるサーチライトの光に浮かび上がっているのが見えた。

　それが合図だった。円の左手から進入し、約800㎞の速度で円の真下に潜り込むと、操縦桿を目一杯引いた。6Gの中で機体を引き起こし、垂直急上昇しながら続け様に機体を回転させる。リードソロの役割を担った5番機の技、「バーティカル・クライム・ロール」だ。

「ファイブ、スモークオン！」

　身体全体に圧し掛かるGの中で叫んだ。同時にスピードブレーキに仕込んだボタンを押す。途端、尾翼の下に取り付けられた小型のポッドから、フレアが猛烈な勢いで噴き出し始めた。アイディアを実現させるため、林、いや村田だっけか、アイツは何度もチャレンジを繰り返した。決して飛行に抵抗が掛からず、取り付けが簡単で、尚且つ操作もシンプル。それが今、確かに稼働している。

　サーチライトの光の中で、フレアが一際美しく、眩しく輝きながら風に舞う。五輪の円はさながら、満点の星の海に浮かぶリングのように見えた。

【ＨＡＮＡＢＩ《花火》】

　そう名付けられた新技は、ものの見事に東京の空を彩った。それはブルーインパルスにとって、新たな歴史が誕生した瞬間でもあった。

　３０００ｍまで上昇した後、機体を水平に戻して再び街を見下ろした。観客の、いや世界の視聴者の歓声は聞こえない。なのに不思議と波動のようなものをはっきりと感じた。同時に、愉快そうな笑い声がはっきりと耳に届いた。

結《ゆい》の章

1

「最近な、友香《ともか》が元気ないねん」

官舎のアパートで溜《た》まった洗濯物を洗濯機にセットし、さぁこれからキッチンの洗い物に掛かろうかという時、中学、高校の同級生、森崎真子《もりさきまこ》から電話があった。「何があったん？」と尋ねると、「ようはわからんけど」と前置きして、真子は話し始めた。

友香は仲間内で一番最初に結婚した。誰よりも奥手で目立たない友香の口から「結婚する」と聞いた時、その場にいた全員が「エーッ！」と声を上げた。高校から短大に進み、相手はなんと短大の先生で、歳の差は十二。最近、二人目の子供が生まれたばかりだ。

「幸せなん、ちゃうの」

私は携帯をスピーカーモードにして食器棚の隙間に立て掛け、狭いキッチンで洗い物をしながら答えた。携帯で話をしている時間が勿体《もったい》ないから、いつもだいたいそうしている。周りからは「せっかちや」と言われるけど、それはしょうがない。性格だし。

「そうやて思うててんけどな、なんか変やねん。メールもＬＩＮＥも返事遅いし、文章も短いし」

「子育て大変で手が回らんのやろ」

子供を育てたことはないから分からないが、手間が掛かることは容易に想像がつく。しかも友香の場合、それが一人じゃない。年子の赤ん坊もいるのだ。あんな怪物が二人もいたら、そりゃ時間に追われるに決まっている。

「そう、それ」

我が意を得たりとばかりに、真子のトーンが一つ上がった。

「なんや、それって」

「だから、育児ノイローゼ」

真子はノイローゼの部分を強調するように言った。

「はぁ？」

思わず皿を洗う手を止めて、声を張り上げた。

「なんかそんな気がすんねんなぁ」

また、そんな気かいな……。

真子は昔から想像力が逞《たくま》しいところがある。何かと噂《うわさ》話《ばなし》を立ち上げては周囲を騒ぎに巻き込む。今回も大方そんなところだろうと思った。

「あんたの思い込み、ちゃうん」

「なぁ菜緒《なお》」

深刻な声だ。

「いっぺんあんたから連絡してくれへん」

「そりゃ構へんけど」

語尾に「けど」を付けたのは別に話すのがイヤだからではない。友香とはこの一年ほど会ってない。話もしていない。こっちは仕事で向こうは主婦。共通の話題が見当たらない感じがするから、ちょっと億劫《おっくう》なのだ。真子はこっちのそんな気分を敏感に感じ取ったのか、ズバリと殺し文句を言い放った。

「あんたの仕事、レスキューやろ」

なんで仕事と今の話が直結すんねん。

そう返したかったが、口に出すのを留めた。ここでごちゃごちゃ言い出すとまた話が長くなるのは目に見えている。

小松《こまつ》救難隊に籍を置き、空自初の女性回転翼機パイロット誕生と騒がれ、今もマスコミからの取材がひっきりなしに舞い込んでくる。だが、その実情はお寒いものだ。OR（任務待機）になったといってもそれは形だけに過ぎない。あなたはこの機体を操縦することはできますよという資格を与えられただけだ。

回転翼機パイロットの資格は初級、中級、上級と三段階に分けられている。初級は操縦訓練オンリーで、アクチュアル（出動）の時は副操縦席に座る。中級に上がるまでの年数は人それぞれだ。早くて二年、遅い人は三年以上かかる。晴れて中級になれば、アクチュアルでは機長として飛ぶことになる。今の私からすると、上級なんて想像もつかない雲の彼方だが、そこまで行けば複数の機体を指揮する資格を得ることになる。

私は今、初級のヘリパイとして、連日、救難隊の飛行班長であり百戦錬磨のベテランパイロットでもある座頭《ざとう》3佐にしごかれまくっている。ちょっとでも失敗すると、「今の、チョンボな」とペナルティを与えられる。累積三回で便所掃除、五回で草むしり、七回で一週間の早出。それをこれまでに何度もやらされてきた。さすがに一日累積十回は一度もないが、それがどんなペナルティなのかは知らない。別に知りたくもない。ちなみに座頭班長の資格は上級、いわゆる雲の上のパイロットだ。

実際のところ、経験も浅いし実力もまだまだなのは自分でもはっきり自覚している。アクチュアルなんて夢のまた夢だ。それなのにマスコミの前では、いっぱしのパイロットとして振る舞わなければならない。現実と虚像。その狭間《はざま》でノイローゼになりそうだ。

レスキューして欲しいんはこっちの方やで……。

そんな想いを押し隠し、「分かった。近いうち電話してみるわ」そう言って電話を切った。

　洗いものを終え、洗濯物を干し終わったのが夜の十時を少し回ったくらい。その頃には眠気で意識が飛びそうになっていた。最近、肌の手入れもしていないし、ＬＩＮＥの返事も溜まったままだ。新しく始まったドラマの予約も軒並み損ねている。テレビを点《つ》けたいけど、バスルームからリビングのテーブルまで、たったの五歩がむちゃくちゃ遠く感じる。１ＤＫの官舎だというのに、だ。

　壁に手を当て、なんとかリビングまで辿《たど》り着いたが、ソファに背中を預けたのがいけなかった。あっという間に視界がぼやけて、そこからはもう何も考えられなくなった。


　携帯のアラームが鳴って目を開けたら、外は明るくなっていた。

　先週、北陸地方も梅雨明けが発表された。日の出はだいたい五時頃だ。ぼーっとした頭で部屋の中を眺めると、電気は点けっぱなし、身体はソファにもたれたままだ。

　ウソやん……。ちょっと目ぇ閉じてただけやん……。

　昨夜から一分くらいしか時間が経っていないような気がする。まるで私の周りだけ時間の進み方が違っているみたいに感じる。

　でも、これが現実やねんな……。

　ダメだ、これ以上考えると虚しくなる。

「ハッ！」と声を上げて両脚を振り子のように上げ、勢いよく立ち上がった。途端、足がもつれてもうちょっとで床に頭から突っ込みそうになった。身体が強張《こわば》っているのに慌てて動き出したからだ。化粧はしないけど、さすがに顔に青タン作っての出勤は恥ずかしい。

足元に注意して、手は滑らかに動かし、頭はフル回転させる。顔を洗って、日焼け止めを塗って、野菜ジュースとチーズを食べて、歯を磨く。着替えて部屋を出るまでたったの十五分。女の朝は男の朝より一時間早いそうだけど、それはきっと私とは別世界の女の話だと思う。

そうだ、女といったら私が住んでいるこの官舎は独身女性がやたらと多い。だからしょっちゅうお互いの部屋を行き来しては鍋やらタコパやらを開いている。ちなみにタコパは私が奉行を務めるのが決まりだ。

そらそやろ、なんというてもウチは大阪生まれ、子供の頃からオカンのタコ焼きで舌はバリバリ鍛えられてるからな。

官舎から基地まではいつも自転車で行く。いわゆるママチャリ。雨が降ろうと雪が降ろうと合羽《かっぱ》を着て自転車に乗る。普通に漕《こ》いで三分、全力で一分三十秒。自転車に拘《こだわ》るのには理由がある。何しろ基地の中は広い。救難隊のある救難格から歩いて食堂やらBX《コンビニ》やらに行こうと思ったら、休み時間が潰れてしまう。基地で生活しようと思ったら自転車は必需品だ。さてと、今日の天気は晴れ、雲一つない。もともと晴れは好きだし自薦他薦問わずの晴れ女だけれど、最近は憂鬱だ。なんせどんぴしゃの訓練日和だから。あぁ、あかん、頭に座頭班長の顔が浮かんできた。消えろ！　どっか行け。すぐ、本物と顔合わすことになるんやから。

私は二度、三度と頭を振って、座頭班長の仏頂面《ぶっちょうづら》を頭から追い出した。

「おはようさん」

いつものように正門ゲートに立っている警備小隊のお兄ちゃんに挨拶すると、「ご苦労様です」と気持ちのいい返事が返ってきた。ほんのちょっとだけど心が和む。やっぱり挨拶は大切だな。そんなことを思いながら基地の一番奥へと向かった。

救難隊の場所は当然滑走路のすぐそばにある。出動が掛かればいつでも出られるように備えておかないといけないのは、救難隊もＴＡＣ《タック》部隊も同じだ。しかし、ちょっとだけ違っているのは、救難格はえらく隅っこに置かれているということだ。真ん中をドーンと占めるのは第6航空団、第３０３飛行隊と坂上陸《りく》のいる第３０６飛行隊だ。ちなみに基地の中で陸とは滅多に顔を合わせることはない。救難隊とＴＡＣ部隊、お互いの行き来はほとんどない。ちょっと足を伸ばせば話せる距離なんだけれど、これがなかなかそう簡単にはいかない。

なんでなんやろな、お互い、関係が微妙やねん。

空白の救難隊が発足した理由は、戦闘機パイロットが不測の事態で緊急脱出《ベイルアウト》した際、それを助けに行くというものだ。パイロットは長い年月と予算を掛けて作られる、いわば貴重な部品。それを簡単に失わないために、パイロットを迅速に救う専用の部隊が作られた。今は海保や消防、自治体などから災害派遣要請があり、救難隊としての活動がクローズアップされているが、本来の目的はパイロットを救うことにある。関係が微妙なのは、もしかするとその辺りの心理が関係しているのかもしれない。

せやけどウチにはそんなもん、関係のないこっちゃ。

先週は306のパイロットと一緒にカラオケに行った。私は戦闘機乗りと話をするのは好きだし、わだかまりも何もない。もし、彼らがベイルアウトしたら、全力で助けたいと思っている。それに、久し振りに陸の音痴をイジり倒してやった。

いやぁ、めっちゃスカッとしたわ。

救難格の脇にある自転車置き場に自転車を止めると、辺りに人がいないことを確かめて、頬をピシャッと叩《たた》いた。その時、建物の陰から「お前、いつもそんなことしてんのか」と声がした。

うっ、見られた……。

声の主、私の師匠である座頭班長が、ヌッと姿を現してこっちを見た。158cmの私と182cmの座頭班長の身長差は24cm。字面ではそんなに大したことなさそうだけど、座頭班長は縦のみならず横幅もある。加えて顔も厳《いか》つい。目も一重で、歴史の教科書に出てくる戦国武将のような面構《つらがま》えだ。要するに私と並ぶと美女と野獣……、もとい！大人と子供みたいな感じになる。これが周囲に雛《ひよ》っこの印象を強くしていると思ってる。もちろんそんなこと、口が裂けても本人には言わないけど。

「いつもやないです」

ほんとうのことを言えば、いつもやっている。こうして気合いを入れないと、一日を乗り切れない。

「確か今日の訓練は――」

「洋上訓練です。ロー・アンド・スローの」

ロー・アンド・スローとは八つある訓練課目の中の一つで、洋上で救助を待つサバイバー（要救助者）の元に低空飛行で駆けつけ、速度を落としながら接近するというものだ。波の高さ、風の向きを常に考えながら、ヘリのパワーを操らないといけない。これが見た目よりも相当難しい。

「そうか」

座頭班長が軽く頷《うなず》いた。

「お前の姿見て、俺もぐっと気合いが入ったぞ。今日の訓練、いつも以上に頑張らせてもらおう」

こういう嫌味をサラッと言うねんなぁ……。いつだって気合い十分なくせしてから。

私は思いを顔に出さないように注意しながら、「よろしくお願いします」と頭を下げた。

救難隊の朝は早い。

各地に点在するそれぞれの隊によって多少の差はあるかもしれないが、だいたい六時半くらいには出勤する。朝の掃除やコーヒーを淹《い》れたりしていると、格納庫（ハンガー）の方から物音が響いてくる。エンジン・ランだ。私は隊長や主だった隊員の机にコーヒーを置くと、目立たないようにそっと飛行班事務室を抜け出した。

格納庫へ続くドアを開けると、一気に光が溢《あふ》れた。シャッターが全開にされ、これから待機につく固定翼機U－125Aと回転翼機UH－60Jを、整備員がハンガーに引っ張り出している。私はこの様子を眺めるのが大好きだ。整備員のキビキビした動き、朝の光に当たってキラキラと輝く機体、エンジンの鼓動、燃料の匂い。あぁ、また一日がスタートするんやなと実感する。淹れたてのコーヒーを飲みながらその様子を眺めていると、全身に熱い血が巡ってくる感じがする。そういえば、一度この話を真子達にしたことがある。

全員がキョトンとした顔になった。好きな芸能人やら付き合ってる彼氏やら流行りの洋服やらが大半の話題の中、そりゃ到底溶け込めるわけもなく……。言ったあとで「しまった」と思ったがあとの祭りだった。

そんなことをぼんやり考えていると、「やっぱここにいたか」と声を掛けられた。見なくても声で分かる。FEの羽瀬2曹だ。羽瀬さんはもともと回転翼機の整備員だったのだが、一念発起してFEになった。FEは私達パイロットと一緒に回転翼機に乗るキャビンクルーだ。機内のチェックだけでなく、残燃料の計算やホイストオペレーション、機上看護の補佐をする。資格は7レベル、芯は強くて面倒見がよくて、おまけに明るい。だから随分と助けられている。しかし、なんでFEに転向したかだけは教えてくれない。

その話を振ったら急に顔が真面目になるから、今一つ突っ込みきれずにいる。まだ、モーニングレポートの時間には早いはずだ。

私は羽瀬さんの方を見やりながら、「どないかしました？」と尋ねた。

「隊長が呼んでる」

「隊長が？ なんで……」

「そんなの俺に分かるかよ」

特に怒られそうなことはしてないつもりだ。しいて挙げるとすれば、豆を使う。これは佐原隊長の指ーヒーくらい。小松救難隊はインスタントじゃなくて、示だ。その豆がいつもよりちょっとだけ少なかった。戸棚を開けてみたが買い置きも切れていたから、「ええか、これで」と判断したのだ。

「その顔見ると、思い当たることがありそうだな」

羽瀬さんが私の顔を覗《のぞ》き込んだ。私は上体を後に反《そ》らしながら、「なんもありませんよ」と答えた。

「ならいいけど。でも、早く行った方がいいぞ」

そうだ。隊長を待たせるのはマズい。

「先輩、これ」

羽瀬さんに自分用のマグカップを押しつけると、格納庫のドアを潜《くぐ》り抜け、隊庁舎の二階にある隊長室へと続く階段を一気に駆け上がった。

半分開いたドアをノックすると同時に、「大安《おおやす》曹長、参りました」と元気よく声を張った。

「入れ」

佐原隊長の声がする。

「失礼します」

隊長室へ入った途端、ビクッとして歩みが止まった。そこには佐原隊長だけでなく、座頭班長の姿もあったからだ。二人は私が淹れたコーヒーカップを片手に、窓際で立ち話をしている最中だった。

あちゃぁ……。ビンゴや……。

今週のコーヒー当番は私だ。買い置きを忘れていたのは私のせいじゃないけど、そんなものは座頭班長には通用しない。

「お前のチェックミス。チョンボだ」

そう言われるに決まっている。それに、座頭班長のモットーは「救難隊は家族」。言いたいことはちゃんと伝え、誰かの失敗は他の誰かで補う。そこにはそんな思いが込められている。

「すんませんでした」

観念して頭を下げた。

「何がだ?」

座頭班長が片方の眉をひそめた。

また、惚《とぼ》けてから……。

「今朝の——」

言いかけた時、佐原隊長が「そう、さっきなんだよな」と話を遮った。

「救難隊《うち》の後援会をしてくれてる上島《うえしま》さんは知ってるだろう?」

何度か会ったことがある。地元で窯元をされているおじさんだ。とても世話好きな人で、救難隊を自宅やお店に呼んでは苦労を労《ねぎら》ってくれる。私が頷くと、「その上島さんからな、今日の救難隊の訓練を見学させて欲しいと連絡が入ったんだ」

佐原隊長が続けた。

「見学……ですか」

「相手は石川県の大物の議員さんだ。救難隊の活動をアピールするチャンスだから、ぜひにと仰《おつしや》られてる」

私はちらっと座頭班長の方を見た。

「別にいいだろう。今日のお前は気合いが入ってるんだからな」

「あれは――」

「ダンク、なんの話だ？」

佐原隊長が座頭班長をニックネームで呼んだ。戦闘機部隊にはTACネームという部隊内での愛称があるが、救難隊には存在しない。でも、身近な存在であればやっぱり仇名《あだな》で呼び合うこともある。

「こいつがですね――」

座頭班長が今朝の出来事を面白おかしく佐原隊長に説明する。

「そうか、それはタイミングバッチリってやつだな」

隊長まで……。それになんや、「パシッパシッ」って。ウチが頬っぺた叩いたん、一回だけやで。

話を盛られて不満が顔に表れたのか、「なんならこのコーヒーが薄いことをチョンボに加えてもいいんだぞ」座頭班長がコーヒーカップを指で弾《はじ》いた。

「そう言えば確かにいつもより薄いな……」

佐原隊長があとに続く。

それ、ここで言うか……。

それ以上なにも言えなくなった私に向かって、「ダイアン機長、よろしく頼むぞ」と佐原隊長はあえてTACネームで呼んだ。

時刻は十四時過ぎ。ハンガーから一歩外に出ると、真夏の強烈な陽射《ひざ》しが照り付けてくる。風景が白っぽく感じる。私はサングラスをして、エプロン（駐機場）にスタンバイしているUH－60Jへと足を向けた。全長19・76m。全幅5・43m。全高5・13m。アメリカのシコルスキー・エアクラフト社が開発したUH－60ブラックホークを、空自が救難目的に改良した救難ヘリコプターだ。海の底を思わせる深い青色をした塗装はどっしりと落ち着いて見え、なおかつ美しい。整備員に挨拶をしながら、私は慎重にステップを踏んで機長席へと乗り込んだ。

座席に座ってまず最初にすることは手袋をはめることだ。パイロットは微妙な操作を求められる。もし、操縦桿《そうじゅうかん》が汗で滑ったりしたら大変だ。とはいえ、機内温度はすでに40度近くに達しており、肩と腰をシートベルトで締める作業をするだけで汗が噴き出してくる。

「いい具合に焼けてんなぁ」

副操縦席にはもちろん座頭班長が座った。どういうわけだか座頭班長はいつも涼しい顔をしている。こっちが汗まみれになってるのが恥ずかしいくらいだ。

「班長はなんで汗かかへんのです？」

すると班長はこっちを見つめ、「気合いが入ってるからな」そう言ってニヤリと笑った。

ほんまにもう、どこまでも食えん人や……。

今日のキャビンクルーは二名。FEの羽瀬さんと中堅のメディック、尾川《おがわ》2曹だ。そこに県会議員の前川《まえかわ》さんが加わった。年齢は六十代前半くらいかな。どうだろう、髪が薄いからよく分からないが、もう少し若いかもしれない。

「こちらにどうぞ。コクピットがよく見えますから」

羽瀬さんの案内で、前川さんがコクピットの真後ろにある座席に腰を下ろした。佐原隊長直々の大事なお客さんだ、随分と羽瀬さんが気をつかっている様子が見てとれる。

「しかし、すごい数の計器だねぇ」

座った途端、前川さんが感心したように呟《つぶや》いた。コクピットを見た人の反応は大方同じだ。計器の多さに圧倒される。だが、前川さんはここから先がちょっと違っていた。

「これはなんだね？」と計器の一つを指さした。

「えーと、これは高度計ですね」

「こっちは？」

「昇降計になります」

こっちの都合などお構いなしに、矢継ぎ早に質問を始める。実はさっきのブリーフィングでもそうだった。そのせいで飛行訓練の開始が少し遅れてしまったのだ。

見かねた座頭班長が、やおら後ろを振り向き、「訓練から戻ったら時間を取りますので、機器の説明はその時にさせてもらいます」と遮った。

「あぁ、そう。なら楽しみは後に取っておこう」

前川さんはちょっとムッとした顔を浮かべ、腕組みをした。

「じゃあ、チェック行きます」

気を取り直して、羽瀬さんの言葉に私は「お願いします」と応じた。

「フューエルポンプ　S／W」

「APU　ブースト」

「ファイヤーガード」

「ポステェッド」

「APU、カウント　S／W」

「APU、スタート」

羽瀬さんが読み上げるチェックリストを聞きながら、一つ一つ計器のスイッチを確認していく。

「イグニッション　S／W」

「オン」

エンジンスタート。途端に力強いエンジンの鼓動が機体全体を揺さぶり始める。前川さんが何か言いたそうにウズウズしている様子が目線の端に入ったが、無視して地上にいる整備員と手信号を交わした。

「ローター　エリア」

「ライトクリアー、レフトクリアー。ローターブレーキ、オフ」

直径が16・36mあるローターが回転し始めると、機体が持ち上がりそうなくらいに激しく揺れ動く。早く飛ばせてくれと駄々をこねているように感じる。

よしよし分かった、もうすぐアンタの好きな空に行こうな。

心の中で言い聞かせる。こんな時、私はどこかしら母親の気分になっているのかもしれない。現実にはまだ、結婚のけの字の予定もないけれど。

その時、ゴーッとエンジンの唸《うな》り声がした。外を見ないでも分かる。U－125Aが離陸した音だ。回転翼機は固定翼機とは必ずセットで行動することになってる。足の速いU－125Aが現場に進出し、サバイバーの捜索を始める。サバイバーを見つけたらそこに信号照明発煙筒、通称マリンマーカーを投下する。こちらはU－125Aからの連絡を受けながら目視で煙を探し、見つけたらそこに機体を寄せていく。海でも山でも基本はこの流れで捜索が進む。たとえ訓練といえども、やることはまったくアクチュアルと変わりはない。

「コマツタワー」

すべてのチェックを終えた後、私はヘッドセットの無線機で管制塔に呼び掛けた。

「シェード47、レディ」

シェードはコールサイン、47はこの機体の番号を示している。すぐに管制塔から管制官の声が響いた。

「シェード47、ウインド・スリー・ツー・ゼロ・アット・シックス。ランウェイ、ツーフォー。クリアードフォー・テイクオフ」

離陸許可が出た。私はキャビンの方に目を走らせた。前川さんはちょっと緊張しているのか、強張った表情をしていたが、相変わらず目はキョロキョロと落ち着きなく左右を窺《うかが》っている。

大丈夫やな。ベルトもちゃんと留めてあるし。

他人の心配をしている場合ではないのだが、それでもお客さんを乗せている以上は常に気を配らなければならない。

視線を前に戻すと、隣にいる座頭班長から「いつも通りだ。落ち着いてやれ」と声を掛けられた。

「はい」

そうだ。いつも通りにやればいい。自分にそう言い聞かせる。

「ラジャー。クリアードフォー・テイクオフ」

管制官に伝えると、コレクティブスティックをゆっくりと引き上げる。五人を機体に乗せていることなどまったく意に介していないように、UH－60Jは力強く空へと舞い上がった。


訓練は小松基地が保有する日本海のエリアで行われる。離陸して十五分ほどすると、時折機体が風に煽《あお》られるようになった。その度に「おおう」と大袈裟《おおげさ》な声を前川さんがあげる。外海はえてして陸よりも風が強まる。

「アーク15よりシェード47」

進出しているU－125Aから無線が入った。

「こちらシェード47、どうぞ」

「サバイバー一名を発見。小松から321／44nm。先ほどマーカーを投下した」

「了解。ただちに321／44nmへ向かいます」

グッと機首を傾けた。途端、ガクンと大きく機体が揺れた。横風を受けたのだ。「ウワッ！」と前川さんがリアルに悲鳴をあげた。

「方向を変える時は風を読めって何度も言ってるだろう！」

途端、座頭班長から厳しい叱責が飛んでくる。

「すみません！」

私はコクピットから覗き込むようにして海面を眺めた。風は目には見えない。だから、波の形でどの方向から吹いてくるのかを確かめるのだ。

北西の風……。

ひとまずそれを頭に入れて、サバイバーのいるポイントへと向かう。

やがて十一時の方向に煙が立ち昇っているのが見えた。

「ロー・アンド・スローで行くぞ」

「はい」

座頭班長に返事をすると、機内インターフォンで「メディック、進出準備」と尾川2

曹に伝えた。既に尾川2曹は座席から離れ、救出準備に入っている。「了解」と答えたのはＦＥの羽瀬さんだ。羽瀬さんも通常の左座席から後方のキャビンへと移動し、サバイバーの吊《つ》り上げ準備に取り掛かっている。

「慎重に行け」

再び座頭班長から声を掛けられた。

「はい」

あらためて波の高さ、風向きを頭に入れながら機首を風の正面になるように向けた。機体は風を正面から受けるのが鉄則だ。向かい風の中でなら機体が安定する。

「サバイバー、確認」

波間に見え隠れするサバイバーがはっきりと肉眼で見えた。もちろん本物ではない。サバイバー役のメディックだ。多分、メディックの中で一番年下の伴藤《ばんどう》くんだろう。ゆっくりと、しかし確実に、サバイバーを右手に見ながら進んでいく。その時、座頭班長がいきなり「アイ・ハブ」と言った。アイ・ハブとは操縦を貰《もら》うことを意味する。即ち、私から座頭班長に操縦を渡すということだ。

私は驚いて座頭班長の顔を見た。

なんで……、どこが悪かったんや……？

座頭班長が小さく首を振る。後ろを見ろと目が伝えている。私はキャビンの方を振り返った。すると、前川さんが真っ青な顔をして目を閉じている。離陸前の元気は嘘《うそ》みたいに、今では両手を口元に当て、戻しそうになるのを必死で耐えている。

「これ以上続けたら、本物のサバイバーが出るからな」

訓練はここからが重要だ。だからこそ気合いも入れてきた。なのに……。もちろん残念ではあるが、隊長の大事なお客さんをサバイバーにする訳にはいかない。

「ユー・ハブ・コントロール……」

私は渋々座頭班長にコントロールを渡し、座席に背中を預けた。張りつめていた空気が身体から抜け、急速に萎《しぼ》んでいくみたいな感じがした……。

2

ここ四、五日、すっきりしない天気が続いている。雨が降ったり止んだりで、白山《はくさん》も霞《かすみ》の中に隠れたままだ。「弁当忘れても傘忘れるな」。そんな言い回しもあるくらい、北陸の冬ならこんな天気が当たり前なのだが、夏はちょっと珍しい。おかげでこっちの飛行訓練も修正を余儀なくされている。このままでは晴れ女伝説も返上しなければならなくなるかもしれない。

飛行訓練といえば、救難隊では訓練の計画をパイロット自らが立てることになっている。新米とて同じだ。実際に訓練をやってみて上手くいかなかったこと、反省点に鑑《かんが》み、それを次の計画に盛り込んでいく。計画を作ったら班長や隊長にお伺いを立てる。だいたい一発で通ることはない。突き返され、その部分を新たに修正して、許可が下りるまで何度も書き直す。時には基地の偉い人のところにも許可を得に行かなければならない。そうやって書類に判子が増えていき、晴れて訓練の許可が下りるのだ。ちなみにTAC部隊ではそんなことはしないそうだ。「自分なんかが訓練計画を立てるなんて有り得ないよ」と陸に言われたことがある。

まぁな、そりゃそうなんだろうけどさ。

TAC部隊と救難隊とでは所属している人数が違い過ぎる。こちらは一人で何役もこなさないと回っていかないのだ。

午前中、飛行班事務室で机に向かって来週の訓練計画を練っていると、「手の空いた者から食事済ませとけよ」、佐原隊長が声を張り上げた。救難隊では昼食を一斉に取ることはない。みんなが一斉に食事を取れば、その間、隊が空《から》になってしまう。これを避けるためだ。ただ、今日は別の理由もあった。今朝のモーニングレポートで気象隊が報告した内容、日本海にある二つの低気圧が発達しながら東に進んでおり、もしかすると爆弾低気圧になる可能性があるとのことだった。既に海は荒れているだろう。私は荒れ狂う真っ黒な日本海の様子を頭に思い描いた。これまでに何度かそんな場面に出くわしたことがある。稲妻が何本も走り、海はそれ自体が一つの生き物のように脈を打っているように見えた。あの光景は本当に恐ろしいものだ。

「菜緒、飯に行くぞ」

ふいに座頭班長が椅子から立ち上がりざま、私を呼んだ。

座頭班長が私を呼ぶのには三パターンがある。一つはTACネームのダイアン。もう一つは名前。もう一つは「オイ」だ。ダイアンを使うのはだいたいからかう時、名前で呼ぶ時は結構真面目な時、オイは怒られる時。今回は名前だ。なので私はペンを置き、素直に従った。

廊下で携帯電話が収められた籠の中から自分のスマホを掴《つか》むと、班長と一緒に自転車に乗って食堂へと向かった。十一時を少し過ぎた時間なので、食堂の中はガランとしていた。

「あらま、今日は早いね」

厨房《ちゆうぼう》の奥から大きなダミ声が響いた。いつも通り、ピンク色のバンダナを頭に巻き、ピンク色のエプロンをした大田《おおた》のおばちゃんが忙しそうに立ち回っている。大田のおばちゃんはこの食堂の大ベテランであり、大概の隊員とは顔見知りだ。時には異動の内示が出るより早く、人事を知っているという、とんでもない人でもある。

「おばちゃん、今日は何?」

「ナス炒《いた》め定食——スペシャル」

　これが私とおばちゃんの定番の会話だ。幹部食堂のメニューはあらかじめ決まっているので何かを選ぶということはない。だが、いつの頃からかこんなやり取りが始まり、いつの頃からかおばちゃんは「スペシャル」を付けるようになった。

　座頭班長は苦笑すると、「スペシャル頼むよ」と続けた。

「はいよ！」

　大田のおばちゃんの威勢のいいダミ声が再び厨房に響く。座頭班長は濃い茶色の長机の真ん中に新聞を持ってきて座り、私はというと二人分の水をコップに汲《く》んで、班長の向かい側に座った。携帯を取り出して見ようとすると、「さっき鳴ってたぞ」と座頭班長が新聞に目を向けたままで言った。

「ほんまですか？」

　確認すると着信が二件、どちらも友香から。こっちがかけた時は友香が留守電になる。ここのところずっと入れ違いで、まだ話はできていない。

「ちゃんとマナーモードにしとけ」

「すんません……」

　またチョンボと言われるのかと思って内心ビクビクしたが、座頭班長は新聞に目を向けたままだ。しかも、やけに真剣な表情をしている。私は邪魔しないように席を立とうとした。今なら電話に友香が出るかもしれないと思ったからだ。その時、新聞の見出しが目に入った。大雨で九州北部に被害が出ていることを知らせる記事だった。班長はこっちの視線に気づいたのか、「厄介な低気圧だ……」と呟いた。

「ますます発達してこっちに近づいてる」

「そうみたいですね」

今朝のモーニングレポートでも、気象隊が近づきつつある低気圧の説明に時間を割いていた。

「お前、今日、アラート（緊急出動待機）だったよな」

「はい」

隊では班長に次ぐ二番目のキャリア、長須《ながす》3佐と一緒だ。座頭班長は顎を撫《な》で、「長須とお前の組み合わせは縁起が悪いからな」と溜息《ためいき》交じりに漏らした。縁起が悪いなんて随分と酷《ひど》い言われようだが、実際、それは否定できない。私と長須3佐がアラートに就いた時、これまでに三度の災害派遣要請があった。一度は山の事故、残り二つは海の事故だ。救難隊に所属して分かったことだが、まことしやかに囁《ささや》かれるのは組み合わせが事故を呼ぶということだ。誰かと誰かの組み合わせの時は、不思議と事故の発生率が高くなる。もちろんそんなものはただの偶然に過ぎない。しかし、気持ちのどこかで気にはなる。座頭班長がさっき私のことを「菜緒」と名前で呼んだのは、このことを気に掛けていたからだと分かった。

「大丈夫ですよ」

私が笑うと、班長は「お前の大丈夫はアテにならん」と仏頂面で返した。

「そんなに気になるんやったら長須3佐と代わります？」

「バカ、だったらお前を代える方がいい」

「班長と長須3佐の組み合わせ！　めっちゃ凄《すご》い大災害が起きたりして」

「めっそうもないこと言うな」

座頭班長のドスの利いた声が食堂に響いた時、「はい、親子喧嘩《げんか》はお終《しま》い」と大田のおばちゃんが遮った。

「親子ちゃうし」

「こんなのが娘だったら、俺は恥ずかしくて表を歩けん」

ほとんど同時に否定した。大田のおばちゃんは「ふん」と鼻で嗤《わら》うと、「冷めない内にとっとと食べて仕事しな」と言い残して厨房の奥に歩き去った。

座頭班長がコップの水を呷《あお》るように飲むのを横目に、私は厨房へ定食を取りに行った。

あ……。

お膳の上にはプリンがオマケしてあった。私は忙しそうに立ち働いてる大田のおばちゃんに向かって、心の中でありがとうと呟いた。

昼食を終えて座頭班長と別れ、私はそのまま隊庁舎の一階にあるメディックの待機室に向かった。今夜のアラートに誰が入るのかを確認するためだ。だが、確認など一瞬にして吹き飛んだ。

「え！　嘘やん！」

「間違いないですって。俺、この目で見たもん」

答えたのはメディックで最年少、私と同い年の伴藤3曹だ。

「長須3佐が……発熱て……」

伴藤くんが言うには、長須3佐は医官に季節外れの夏風邪と診断され、一時間ほど前、強制的に自宅に帰されたということだった。

「良かったぁ、最凶コンビが崩れて。今夜のアラート、みんなホッとするんじゃないっスかね」

日焼けした顔を思いっ切りほころばせて伴藤くんが笑う。

「それ、まんま長須3佐に伝えるからな」

私が凄むと、伴藤くんは持っていたダンベルを慌てて床に置いた。

「いやいやいや、それはマズいって」

「しかし参ったなぁ……」

「代わりって誰がなるんでしょうね」

ふと、座頭班長の厳つい顔が浮かぶ。

ううう、まさか……。

「どうしたんスか？」

怪訝《けげん》な顔で伴藤くんがこっちを窺っている。

「なんでもあらへん。とにかく、いつでも出れるように準備はしといてや」

「それはもちろん」

伴藤くんは筋骨隆々の胸を張った。

メディックの意識の高さは疑いようもない。海でも山でも空でも、常に彼らはベストを尽くす。無数の資機材を自在に操り、人命救助にすべてを捧《ささ》げている。そう言えば私が小松救難隊に来て間もない頃、忘れられない一言を聞いた。

「救難隊の仕事は命懸けですもんね」

飲み会の席で話をしている時、なんとなく軽い気持ちでそんなことを口走ってしまった。その時、静かに酒を飲んでいたメディックの最古参である和葉《わよう》空曹長が私を見て言ったのだ。

「命は懸けるものじゃありませんよ」

穏やかな物言いだったが、そこには強い信念のようなものが混じっている気がした。

「さてと、今夜に備えて意識を高めとくとするか」

「あれ？　いつもは抑えめなんですか」

「アホ。ものの例えや」

私は伴藤くんに向かって軽く手をあげると、「ほな、よろしくな」と声を掛け、そのまま待機室を後にした。


夜が更けていくにつれ、ますます雨、風ともに強まってきた。

時刻は現在九時を回ったところ。夜明けどころか、今夜さえまだ終わっていない。気象隊の予想を超え、低気圧は爆弾低気圧に成長してしまった。救難隊当直室の側にある女子トイレの窓が、ずっとガタガタと音を立てて震えている。この感じだと風速は20ｍ近くに達しているかもしれない。私は個室のドアに鍵を掛けて、飛行服を脱ぎ始めた。そのままパンツを脱いで、持って来たバッグの中から紙おむつを取り出した。女子なら生理用品は常に持ち歩いている。しかしまさか、この若さで紙おむつが必需品になるとは思ってもいなかった。

一度のフライトで最長六時間。洋上救急などの遠距離飛行ならば空中給油を行いながらそれ以上の時間を飛ぶことになる。その間、トイレに行くことはできない。女は男のように膀胱《ぼうこう》におしっこを溜めるのが苦手だ。たびたび我慢をすれば膀胱炎になってしまうかもしれない。いろいろと考えた末、結局、紙おむつを穿くことにした。この際、恥ずかしいなどとは言っていられない。ミッションも自分の身体を守るのも大切なこと。それがプロだ。

トイレから当直室に戻ると、座頭班長がテレビを点けていた。結局というか予想通りというか、長須3佐の代わりは座頭班長が務めることになった。

テレビでは夕方に起きた海難事故のニュースが繰り返し流れている。秋田県由利本荘《ゆりほんじょう》の沖合600mでパナマ船籍の貨物船「クリッパーズ」が浅瀬に乗り上げ座礁したのだ。急速に発達しながら日本海を北上する爆弾低気圧の影響で、秋田県沿岸は暴風雨と高波が続き、第二管区海上保安本部が警報を発する最中での出来事だった。巡視船が航行できないため、海上保安庁は羽田《はねだ》基地から特殊救難隊を現地に派遣、ヘリによる吊り上げ救助が行われているとニュースが伝えている。小松基地にも海難の一報が入って以降、災害派遣要請があればいつでも出られるように準備していたが、何も言ってこないところをみると、既に乗員は全員救出されたのかもしれない。だが、災害はこれだけで終わりとは限らない。重なる時は幾つも重なるものだ。

「不安か？」

座頭班長が不意に声を掛けてきた。

「そんなことはないですけど」

気持ちとは正反対のことを口にした。もし、何かあればこの風の中を飛ばなければならない。アクチュアルになれば私は副操縦席に座る。操縦することはないが、それでもやっぱり怖い。以前見た、黒い海の光景が脳裏に貼り付いている。

「自分の中で勝手に緊張を高めるな。こういう時こそ自然体でいろ。いつものお前みたいにな」

「はぁ？　なんです、その言い方。ウチがいつも緊張してへんみたいじゃないですか」

「タメ口、うたた寝、忘れ物、短気」

座頭班長が指を折りながら、ウチの実態を言い連ねていく。

「まだまだあるぞ」

「もういいです！　分かりましたから」

「じゃあ、お前のいいとこを一つだけ言ってやろうか」

座頭班長が口元にズルそうな笑みを浮かべた。

「聞かせてください」

「コーヒーの淹れ方が上手い」

なんやそれ……。

「どうだ、褒めてやったぞ」

何が褒めてやったや……、頭にくる。

それに、この言い草はコーヒーが飲みたいってことだ。私は座ったばかりのソファから立ち上がると、コーヒー豆を挽《ひ》いてコーヒーメーカーにセットした。ポットのお湯を注ぐと、すぐにコポコポと音が鳴り出した。挽き立ての豊かな香りと、ろ紙を濾《こ》すお湯の音が部屋の中に広がっていく。すると、さっきまでの漠然とした不安が少しずつ霞《かす》んでいくような気がした。

「はい、どうぞ」

カップに注いだコーヒーを座頭班長に差し出す。班長の好みはミルク無し、砂糖無し、少し温《ぬる》めのブラックだ。出す前にコップに半分ほど注いで空気に当て、少し冷めたところでもう一度注ぎ足すとこれが良い感じになる。

座頭班長は取っ手にごつい指を差し入れ、カップを口に運んだ。

「んー、いいな」

満足げな顔が恨めしい。何もかもしてやられている。いつかは自分もこんな風に後輩を手玉に取って……いや、不安を取り除いてやれる日がくるんだろうか。ミルクだけを入れた熱めのコーヒーを飲みながら思った。

「なぁ」

コーヒーを半分ほど飲んだところで班長が口を開いた。

「なんですか。お代わりですか」

「お前のところ、兄貴は二人とも海自だったよな」

そうだ。私の家は三人兄妹で上の兄は二人とも防大出の海上自衛官。私だけが航学から空自に進んだ。

「なんで海自じゃなかったんだ？」

「船酔いするんで」

座頭班長がギロリとこっちを睨《にら》んだ。真面目に聞いている時は真面目に答えろと、目が口ほどに物を言っている。

「ほんまはファイターに憧れてました」

これは救難隊に来て初めて口にした。これまでに受けた取材でも話さなかった。航学時代に所属していた班、フライトコースＣ「チャーリー」の陸たち以外は知らない、私の本心だ。

「女はなれないって知ってたんだろう」

「もちろん知ってました……」

それでも諦めきれなかった。あれに乗って空を飛んでみたい。いや、突っ走ってみたい。突っ走らなければならない。そう思っていた。

兄二人は勉強もスポーツも万能で、性格も良く、おまけに顔も良くて常に目立つ存在だった。学校で学級委員や生徒会長を歴任し、当然のように女子にモテた。私はそんな兄貴達の後ろをずっとついて歩かなければならなかった。先生から名前で呼ばれた記憶はほとんどない。〇〇の妹、それが私の名前だった。兄貴達のことは大好きだったが、あまりにも存在が大き過ぎて、自分が小さく見えて仕方がなかった。だから、海への憧れを話し出した兄貴達とは違う世界へ向かおうと思った。最初のきっかけはそんなところだ。だが、次第に思いつきは本心へと変わっていった。冗談でも「好きだ好きだ」と思っていたら、いつの間にか暗示に掛かって本当に好きになってしまう。もしかすると思春期特有の女の子の気持ちも入っていたのかもしれない。

「あと数年したら、女のファイターが誕生する。そんな日が現実に来る時代になった」

座頭班長の話は私も知っている。先日、防衛省は航空自衛隊の戦闘機パイロットとして、新たに女性自衛官を起用できるようにすると発表した。アメリカ、イギリス、フランスでは一九九〇年代に、お隣の韓国では確か二〇〇八年に生まれている。空自では二〇一八年をメドに、女性パイロットがＴＡＣ部隊の配置に就くのだそうだ。いずれ、この小松にもやって来るだろう。

「残念だったな」

座頭班長はしんみりした物言いをした。

「残念……なんかな」

「ん？」

「なんでやろう。その話を聞いた時、不思議とそんな気持ちは湧かへんかったんです……」

タイミングを逃して悔しい。昔の自分ならそう思ったに違いない。でも今はそんな気持ちはない。ヘリが好きだとか救難が好きと言えるほど、まだこの世界のことは分からない。毎日が必死の連続だ。

「ふっ」と座頭班長が笑った――ように見えた。

「あ、今笑いました？」

「いや」

「笑いましたよね」

「俺はこんな顔だ」

「目じりが下がって口角が上がったし！」

「お前な――」

班長が何かを続けようとした時、アラート用の非常ベルが鳴った。もう、お喋《しゃべ》りは終わりだ。必要なこと以外、あれこれ考えるのも無しだ。

「行くぞ」

班長が立ち上がってドアの方へと駆け出す。私も弾かれたようにソファから離れると、班長の後を追って格納庫の方へ飛び出した。

「報告する。災害派遣発令、災害派遣発令。秋田県沿岸の貨物船座礁事故で海上保安庁から救助の要請あり」

館内放送の発令内容を耳にしながらギョッとなった。それって海保の特殊救難隊が出動している座礁事故のことではないか。いや、もしかするとすぐ近くで別の海難が発生したのかもしれない。でも今は余計なことを考えるのはよそう。詳細が分かれば次々に報告が入ってくる。考えるのはその時でいい。

エプロンでスタンバイしているUH－60Jの方へ向かう途中、横殴りの強い風に何度も足元を攫《さら》われそうになった。こんなに酷い天候の中を飛ぶのは初めてだ。しかもそれが訓練ではなく、正真正銘のアクチュアルなのだ。

副操縦席に飛び乗ると、座席のポジションを自分のベスト位置に合わせ、シートベルトを摑む。なるべく冷静でいようと思うのだが、その意志に反して緊張で手足が震え、シートベルトが上手く固定できない。それに気づいた整備員がすぐにフォローしてくれた。

「ありがとうございます」

微笑《ほほえ》んだ整備員の顔が心強い。「救難隊は家族」。座頭班長のモットーが甦《よみがえ》ってくる。

機内ではFEの羽瀬さんがチェックリストを読み上げ、座頭班長が計器のチェックを始めた。キャビンではメディックの和葉曹長と伴藤くんが資機材のチェックをする声が聞こえる。座頭班長と和葉曹長のいつもと変わらない声のトーンを聞いていると、少しずつ高まった緊張が抑えられていく気がした。

「問題はコイツだな」

一瞬、自分のことを言われたのかと思って、「エッ」という顔を座頭班長に向けた。

「そうじゃない。ローターの話だ」

座頭班長が風速計に目を走らせる。

「お前も勉強しただろう。ヘリが離陸できるかどうかは——」

「ローターのバランスが鍵」

「そうだ」という風に座頭班長が頷く。

飛んでいる最中、どれだけ風が強かろうとUH－60Jはビクともしない。実はヘリが運用できるかどうかは、ローターとエンジンが嵌合《かんごう》できるかどうかにかかっている。四枚あるローターが左右に振られて安定しないと、機体にぶつかって損傷する可能性があるからだ。

風雨にさらされながら座頭班長と手信号を交わす整備員がオーケーのサインを出した。

「ローターブレーキ、オフ」

「キュンキュン」と駆動音を立ててローターが回転を始める。

お願いや……、廻《まわ》って……。

祈るような気持ちでその音に聞き耳を立てる。やがて機体全体が上下に揺さぶられ始める。これは風の影響じゃない。あきからにヘリの力が生み出す揺れだ。

「コマツオペラよりシェード47、どうだ、行けるか？」

指揮所から佐原隊長が無線で呼び掛けてきた。

「行けます」

はっきりとした口調で座頭班長が答える。

「アーク15は先行した」

自分のことに夢中でまったく気づいていなかったが、すでに固定翼のU－125Aは離陸したようだ。今頃、全速力で海難現場に進出しているだろう。

「現場は秋田県由利本荘の沖合600m、パナマ船籍の貨物船『クリッパーズ』だ」

やっぱりそうだ。特殊救難隊が出た現場だ。

「乗員はトッキューが救出したんじゃないんですか」

「ニュースではそう言っていたが、違うのかもしれん。かなり厳しい状態になると思う」

佐原隊長はそこで一度言葉を切ると、「ダンク、よろしく頼む」と強い口調で言った。

「了解」

班長は指揮所との交信を終え、「コマツタワー」と管制塔に呼び掛けた。

「シェード47、レディ。フォー・ディパーチャー」

「シェード47、コマツタワー、ウインド・ワン・セブン。クリアードフォー・テイクオフ」

ここまで十二分三十八秒。アラートでは十五分以内に離陸するのが理想だが、その理想を大きく短縮している。しかも、この荒れた天候の中で、だ。

ウチならこんな風にはいかん。下手したら倍は手間取るかもしれん……。

だが、座頭班長は違う。ヘルメットで表情は見えないが、どんな顔をしているのかははっきり分かる。いつも通りの顔だ。

強風をものともせず、UH－60Jは嵐の真っただ中へと飛び立った。

3

何も見えない。真っ暗闇だ。

離陸してからずっと、雨粒がキャノピーを打ち付けている。バチバチと砕ける音を聞いていると、視界だけでなく勇気までもが奪われていきそうな気になる。時折、機体が激しく風で煽られ、シートベルトで身体をきつく椅子に固定しているが、それでもお尻が宙に浮く感じを覚える。

海の上を真《ま》っ直《す》ぐ北上しているのだが、眼下には漁船の灯《あか》り一つ見えない。もっともこんな日に漁に出る船なんかいないだろうけど。コクピットのすぐ後ろ、左の座席にはFEの羽瀬さん、右側には和葉曹長が座っている。二人ともじっと丸窓から海を見つめている。その後ろのキャビンには伴藤くんが座っているはずだ。誰も一言も喋らない。座頭班長はというと、淡々と操縦を続けている。こんな状況の中で飛ぶだけでも凄いことなのに、いつも通りなんてまったく信じられない。

ヘリは戦闘機と操縦方法がまったく違う。右手で持つサイクリックスティックは水平移動、左手で持つゴマ擦る時のすりこぎみたいな形をしているコレクティブスティックは、出力の増減とともに上昇下降を担う。足元にはアンチトルクペダルという二つの方《ほう》向舵《こうだ》がある。パイロットは両手両足を自在に使ってヘリを操縦しなければならない。

ウチが操縦してたら、こんくらいの揺れじゃすまんやろな……。

いったいどれだけの経験を積めばこんなふうに嵐の中を真っ直ぐに飛べるようになるのか、想像すらできない。

想像できないといえばもう一つある。さっきから機内の空気が張り詰めた感じがしない。これは訓練じゃない、アクチュアルだ。だが、いつもと変わらない、同じ雰囲気が全体を包んでいる。

「クルーは常にパイロットの様子を観察しています」

以前、そんな話をメディックの人達から聞いたことがある。パイロットがいつもと変わらなければ、クルーも落ち着いていられる。たとえ、どんなに機体が揺れようと、大船に乗った気で……。この場合は大ヘリと言うべきなのかもしれないが。

救難には『百回の訓練より一度の本番』という言葉がある。訓練で学ぶ以上に本番で学ぶべきものは多い。揺れの抑え方、風を読む力、何よりキャビンクルーを不安にさせない圧倒的な落ち着き。この機内の雰囲気は座頭班長によって生み出されているのは間違いない。キャビンクルーの班長に対する信頼度をありありと感じる。長須3佐がこのタイミングで風邪をひいてくれてよかった。私は密かに感謝した。

「コマツオペラよりシェード47」

佐原隊長直々に、飛行指揮所からの呼び掛けがきた。多分、続報だ。

「こちらシェード47、ゴーアヘッド」

座頭班長がいつも通りの調子で答える。

「海保から詳細が入った。貨物船で救助を待っているのは三名、いずれもトッキューだ」

「――なんやて！」

思わず大声が漏れた。座頭班長が静かにしろと、手で制した。

なんでトッキューがサバイバーに……？

「そこに船員は誰もいないんですね」

班長が念を押すように尋ねた。

「いない。全員トッキューだ」

「了解」

班長は交信を終えると、「ふっ」と短く息を吐き出した。それが合図だったみたいに、

「ラッキーっすね」と伴藤くんの弾んだ声がインターフォン越しに響いた。

「何が？」

私が問いかけると、「何って……」と伴藤くんは一度言葉を切った。

「船で待っているのは全員がプロなワケでしょ。しかも、誰も怪我《けが》をしていない。最高じゃないスか」

「スリングを下ろせば自分で上がってこれるかもしれませんね」

和葉空曹長が後に続いた。

「そうなれば時間が短縮されます。帰りは向かい風の中を飛ぶことになるから、燃料の消費が早くなる。実にありがたい」

羽瀬さんも話に加わった。

待っているのは海難救助のプロであり、誰一人怪我はしていない。早くピックアップするのにこしたことはないが、緊急性は大幅に減った。そういうことなのだろう。

せやけど……。

どうにも腑《ふ》に落ちないことがある。どうしてトッキューが救助を待つことになったのかということだ。確かにトッキューはレスキューのプロだろう。だが、私はこの目で彼らを見たことはまだ一度もない。実力も知らない。昔、海保の映画を観たが、あれは映画だ、鵜呑《うの》みにはできない。

「トッキューってほんまに凄いんですか?」

誰にともなく尋ねると、和葉曹長が「もちろん」と答えた。

「私が百里《ひやくり》にいた頃、一度だけ合同訓練をしたことがあります。こっちがムキになるくらいの実力でした」

「へぇ……」

メディックをムキにさせるほどなら、その実力は相当なものだろう。

「ちなみにどっちが勝ったんですか?」

「勝つとか負けるとか、そんなものではありませんからね」

和葉空曹長からやんわりとたしなめられた。

そやけど、やっぱりなんかしっくり来んわ……。

それだけの実力があるにも拘《かか》わらず、どうして救助をされる側に廻ってしまったのか、そこがはっきりしない以上、楽観的な気分にはどうしてもなれない。

「お喋りはそれくらいにして、全員、落ち着いて周りをよく見てろよ」

座頭班長に指示され、クルーは再び何一つ見えない暗い海に目を向けた。

分厚い雲に覆われて月も見えない。辺りは漆黒の闇だ。こんな闇夜を経験することなんて、日常生活ではまずない。以前、バーティゴ（空間識失調）が原因でご主人を亡くした奥さんと話をしたことがあった。陸もバーティゴになって、一時期飛ぶことから離れたこともあった。私はなんか変だなと思うことはあっても、完全なバーティゴをこれまでに一度も経験したことはない。だが、今ならはっきりと分かる。空と海の境を感じない。ただ、座頭班長が操縦しているから上が空、下が海と思えるだけだ。

その時――暗闇の中に光るものがチラリと見えた……ような気がした。

波は大きくうねり、絶えず上下運動を繰り返しているはずだ。見間違いではないか、幻ではないか、再確認するため、光が見えたと感じた方向に目を凝らした。一秒……二秒……三秒……時間が過ぎていく。

やっぱり気のせいか……。

諦めかけた時、今度はくっきりと光が見えた。

「十一時の方向、光が見えます！」

座頭班長がその方向に顔を向けた。多分、キャビンクルーも一斉に同じ方向を見ているだろう。

「あ、ほんとだ！」

真っ先に伴藤くんが声を上げた。

「シェード47よりアーク15。十一時の方向に光点が見える」

すぐさま座頭班長がＵ－１２５Ａに無線を入れた。

「シェード47、こちらでも確認した」

座頭班長より八つ下の固定翼機パイロットである坂又《さかまた》３佐が、キビキビした声で返答した。

「羽瀬、現在地は」

「飛島《とびしま》より後方７㎞です」

「方角から言ってもおそらくは目標だろう」

しばらく後、坂又３佐が呼び掛けてきた。

「光点は目標と確認。これより目標正面に照明筒を投下します」

照明弾が投下されれば辺りはぼんやりと明るくなる。座礁した貨物船の姿がうっすらと闇の中に浮かび上がるとともに、照らされた海面が水平線の役割を果たすはずだ。

Ｕ－１２５Ａから投下された照明筒が空中で弾けた。座頭班長は光に向かって機体の速度を上げていく。やがて、貨物船がくっきりとその姿を現した。

「え……」

光景を目の当たりにした途端、息を呑んだ。浅瀬に乗り上げた貨物船「クリッパーズ」は波に振られ、船体を大きく左右に揺らしている。大波が何度も甲板に打ち込み、まるで芋洗いのようだ。このままではいつ、浅瀬から外れて漂流を始めてもおかしくない。トッキューが幾ら海の専門家といえども、この状況に長く耐えられるはずがない。早く引き上げなければ間違いなく命にかかわってしまうことは容易に想像できた。

「メディック、進出準備！」

鋭い声で座頭班長がキャビンクルーに指示した。それまでと一変してピンと張り詰めた空気が機内に充満した。和葉空曹長と伴藤くんからの返答はない。すでにヘッドセットを外し、キャビンで吊り上げの準備を始めたのだ。代わりに羽瀬さんがホイストケーブルのある位置へと移動して、「了解」と答える。

「菜緒、波高に注意しておけ」

私は高度計とモニターを見ながら「はい」と言った。自分でもびっくりするくらい声が上ずっている。その間にも座頭班長が貨物船の方へ廻り込むようにして近づいていく。

「サバイバーは？」

「まだ見えません！」

座頭班長の問いに羽瀬さんが答える。照明筒で周囲が明るくなっているとはいえ、甲板はたえず波を被《かぶ》っている状況だ。その中から小さな人影を見つけるのは難しい。

「もう少し高度を下げる」

機体が下降するのを感じた。私は機体底部に波が接触しないよう、一層周囲に目を凝らした。その時、羽瀬さんが「サバイバー確認！　船首部分、左側！」と叫ぶように告げた。

座頭班長がキャノピーから身を乗り出すようにしてその方向を確認する。副操縦席に座った私からは対象が逆になっているので、目視で貨物船は見えない。しかし、赤外線カメラを操作して船首の方へ向けると、モニターには三つの人影がくっきりと浮かび上がった。

「こちらでも確認しました。動いてます！」

影が動いてるということは生きているということだ。良かったと思うと同時に、何してんねん、という思いが再び心に這《は》い上がってくる。

座頭班長がゆっくりと、しかし確実に、ダウンウインドでサバイバーを右手に見ながら進んでいく。

「ドア、オープ――」

「待て！」

座頭班長が羽瀬さんの言葉を遮った。

「待て……とは？」

「この状況で吊り上げはできん」

私は驚いて班長を見た。

「できんって……」

「状況をよく見ろ」

私はモニターに視線を移した。

絶えず左右に揺さぶられている貨物船。ブリッジ部分にはアンテナが伸び、船首や後部甲板にも荷物が散乱している。貨物船が通常の状態で浮かんでいれば、甲板からの吊り上げはたやすい。だがこの状況で突起物やアンテナにホイストケーブルが引っ掛かりでもしたら、機体は巻き込まれて瞬く間に墜落するだろう。機長はサバイバーの命を握っていると同時にクルーの命も預かっているのだ。

「命は懸けるものじゃありませんよ」

あの日、和葉曹長から言われた言葉が頭の中で響いた。

命は懸けるものじゃない。確かにそうだ。では、この場合どうすればベストの選択ができるのか。このままではトッキューの命が危ない。

「波が治まるまで待つんですか……」

私の問い掛けに班長は答えなかった。他に打つ手はないか、必死で考えているのだろう。しかし、考えている間に事態は悪化する可能性が高い。

どないすればいいんや……。

歯噛《はが》みする思いでモニターを見た。赤外線モニターに救助を待つトッキューの姿が見える。三人の命がはっきりと見える。

……ん？

その時、トッキューの一人がこっちを見上げ、しきりに手を動かしていることに気づいた。

「羽瀬さん、トッキューが何かサインを出してませんか」

私は無線で羽瀬さんにその事を伝えた。

「サイン……？」

羽瀬さんはそう呟いた後、「ほんとだ。ハンドサインを出してる」と無線越しに叫んだ。

「メディック、内容は分かるか？」

座頭班長が問い掛けた。

「曹長も分からないそうです……。ハンドサインがこっちとは違うみたいだから」

「せめて無線が使えたら……」と唸るような声が聞こえた。

空自と海保とでは無線の周波数が違うため、お互いに交信することができないのは私も知っている。だが、ハンドサインすら違うのは知らなかった。お互いに海でのレスキューをするのにも拘わらず、だ。

班長はキャノピー越しにじっと外の様子を見つめながら、「菜緒、カメラをズームしろ」と指示した。すぐに赤外線カメラを操作して、カメラの限界まで目一杯ズームした。

「ズームしました」

「連中の仕草を伝えろ」

私はモニターを覗き込んだ。

「一人が腕を伸ばし、しきりに海の方を指しています」

「やっぱりそうか……」

何がそうなのか、さっぱり分からない。しかし、班長の声はさっきまでとは明らかに違っていた。「キャビン」と呼び掛けると、「すぐに浮舟の投下準備にかかれ」と指示を出した。

「浮舟……ですか?」

羽瀬さんのびっくりしたような声が聞こえる。

浮舟とは救難隊の装備で、正式名称を投下型救命浮舟という。海の上でも目立つように黄色い色をしたゴムボートで、着水すると炭酸ガスによって自動的に膨張する。

「そうだ。船首から10m離れた海中に投下する。急げ」

「曹長が了解と言ってます。ドア、オープンします」

「班長、浮舟で何を――」

「いいからお前はモニターを注視してろ」

質問は許さないという物言いだった。

「誘導、開始します。右、ちょい右」

羽瀬さんの声を頼りに、班長が少しずつ機体を動かしていく。

「はい、そこでオッケー」

風向きを考慮してホバリングに入った。風は前から後ろへと流れている。これならばダウンウォッシュの影響は受けない。

「投下準備完了」

「投下」

班長の合図で浮舟が投下された。私は班長に言われた通り、モニターでトッキューの様子を見つめた。その時、一人のトッキューが船首から海に落ちた。――いや、飛び込んだ。

「班長、トッキューが！」

海に飛び込んだトッキューは荒波の中を掻《か》き分け、浮舟の方へと泳いでいく。

「思った通りだ」

班長はどうやらこの展開を予測していたようだった。

「サバイバー、浮舟を摑みました」

「ホイスト降下、準備できてるか」

「できてます」

「降下開始」

ケーブルが伸びる音がする。浮体に取り付いたトッキューに向かって和葉曹長が降下しているのだ。

「降下中、降下中」

羽瀬さんの声を聞きながら、班長は両手両足を使って機体を安定させ続ける。

「収容開始。吊り上げ中、吊り上げ中」

ふいにガクンと機体が揺れた。でも、これは風じゃない。トッキューが機体に迎え入れられたのだ。これは命の重みだ。

二人目、三人目も同じようにして吊り上げていく。時間にしてものの二十分足らずで全員がキャビンへと引き上げられた。

「サバイバー、収容しました。メディックも収容。ドア、クローズ」

羽瀬さんがドアを閉じると、それまで機内に吹き込んでいた風がピタリとやんだ。レスキューが完了したことを物語っていた。

「シェード47よりコマツオペラ。コンプリートミッション。ＲＴＢ」

座頭班長は指揮所にそう伝えると、機体をゆっくりと反転させた。仕草も声も、現場に来た時と何一つ変わらない。

「なんだ？」

こっちの視線に気づいたのか、班長がむっつりと尋ねた。

「いや……、なんも」

「気を抜くな。帰り着くまでが任務だぞ」

怒り方までいつもと一緒だ。

せやけど……。

いろんなものが違って見える。船からの吊り上げを止めるという状況判断、海に浮舟を浮かべてそこから吊り上げるという臨機応変な作戦、その間もずっと安定した操縦を続けていた。何より、一切慌てた様子をクルーには見せなかった。

班長ってやっぱ凄いわ……。

あらためてそう思った。しかし、感心してばかりいられない。いつかは自分も班長のようにならなければならないのだ。

できるんやろか……。

今の自分にはその自信がない。足りないものが多過ぎる。はっきりとそのことが分かった。もう一度、明日から訓練をやり直すしかない。

小松基地の滑走路に着陸したのは深夜を少し回った頃だった。

出発した時よりも雨風ともに弱まってはいたが、まだ時折横殴りの突風が吹きつけてくる。ずっと帰りを待っていてくれた整備員達が一斉に機体に駆け寄って来て、口々に「お疲れ様」とか「ご苦労様」と声をかけてきた。

ウチはなんもしてない。できてない。

「ありがとう」とは返すものの、その言葉が切なかった。

コクピットから地上に降り立つと、ちょうどキャビンからトッキューが出てくるのが見えた。用意されたストレッチャーを一人が「いらない」と断った。胸に海上保安庁特殊救難隊と書かれた黄色い縁取りに黒のウエットスーツは海水で濡れ、薄暗くてはっきりとは見えないが、三人とも疲れた表情を浮かべているようだった。一人は背が高く、もう一人は小柄だががっちりとした筋肉質で、もう一人はその中間という感じだ。三人は二言三言、言葉を交わし、やがて救難格の方に向かって歩き出した。

「ちょい待ち」

三人が揃《そろ》って立ち止り、こちらを振り返った。

「あんたら、そのまま帰る気か」

自分はどうでもよかった。ただ、FEの羽瀬さんやメディックの和葉曹長、伴藤くん、何より座頭班長に一言のお礼もなしに立ち去られるのは納得がいかない。その時、筋肉質の男が「パイロットは女なのか」と言う声が聞こえた。

その一言で火が点いた。

「それがどないしてん」

凄んでトッキューを睨んだ。筋肉質の男が何かを低く呻《うめ》いて、一歩をこちら側に踏み出した。

そうか、やる気なら買ったる。

こっちも数歩踏み出した。いつでも飛び掛かれるようにしっかりと間合いを計りながら。

「お礼も言えへんような連中やから、救助する側がされる側に廻るんや」

「状況を知りもしないで……」

答えたのは背の高い方だ。

「なら言うてみい！」

怒声がハンガーに響いて、整備員達が何事かと遠巻きに集まってきた。

「よせ」

中間の男が筋肉質と背の高い方を咎《とが》めた。そしてこっちを真っ直ぐに見つめると、

「申し遅れた。俺は特殊救難隊第3隊隊長、二条《にじょう》だ」

こいつが隊長か……。

私は黙って二条を睨んだ。

「今日のことは礼を言う。……ただ、これだけは言わせてくれ。本来なら海保《こちら》だけでミッションは完結していた。誤算は風だ。要救助者を全員ヘリに吊り上げたため、ヘリの積載量がいっぱいとなり、俺達三人が船に残ることになった。迎えを待っていたが風が強まり、とうとうヘリが飛べなくなってしまった。そこで、仕方なく空自の救難に連絡したんだ」

「なるほど。自分らは悪うない。あくまでも海保のヘリが飛べんかったんが悪かったて言うんやな」

「その通り。ヘリの性能の差だ」

ヘリの性能の差やと……。

その言葉を聞いた途端、怒りで目の前が真っ赤になった気がした。クルー、何より班長のすべてを否定されたと感じた。身体が激しく震えた。

「ふざけんな！」

「やめろ！」

私が二条に飛び掛かったのと、座頭班長の太い声がハンガーに木霊《こだま》したのはほとんど同時だった。私は二条の左腕を摑み、姿勢を低くしたままギリギリ動きを止めていた。目は鷲《わし》のように鋭く、二条の顔を捉えたままだ。班長が近づき、私の腕を強引に振り剝がそうとした。

「ヘリの性能の差やなんて、ウチは絶対認め――」

ふいに座頭班長の右手が私の頰を打った。パシッと乾いた音がした。私は呆然《ぼうぜん》として班長の顔を見上げた。頰がじんじんと痛んだ。でも、それ以上に私を見つめる班長の目が哀しげだった。

4

待ちに待った週末だ。でも私は官舎の部屋に終日閉じ籠って過ごしている。別に洗濯をするわけでもなし、テレビを観るわけでも本を読むわけでもなく、ただぼーっとソファに座っている。一度、友香から電話があったが……出なかった。今、他人の悩み事を聞く気にはなれない。あらためて自分の許容量が狭いことを知った。

アクチュアルのあった翌日の訓練から、座頭班長は私の訓練から外れた。それからもう一週間になる。どういう理由でそうなったのかは知らない。座頭班長も佐原隊長も何も言わないし、こっちから尋ねることもしていない。以来、訓練では長須3佐が副操縦席の位置に座っている。班長とは必要な連絡事項など最低限の会話はあるが、以前のように冗談を言ったりツッコミを入れたりするような感じではなくなった。お互いに気まずくなっているのは事実だ。

班長に頰をぶたれたことは別になんとも思っていない。もしあの時班長が止めてくれなければ、もっと酷いことになっていた。それに、人にぶたれたことは一度や二度じゃない。父親にも、部活の先生にも、航学時代には先輩から理不尽な仕置きを受けたこともある。ただ、痛みはすぐに消える。しかし、あの時、私を見つめていた班長の哀し気な目は、いつまで経っても瞼《まぶた》に焼き付き、離れようとしない。思い出すたびに胸が苦しくなる。

「はぁ……」

何度目の溜息だろう。すでに部屋の中は溜息で充満しているはずだ。

ピンポーンとチャイムが鳴った。宅配便かな、そう思ったが、立ち上がって玄関に行くのが面倒臭い。そのままソファから離れずにいると、今度はトントンと扉をノックする音がした。

「ダイアンさん、いるんでしょう」

伴藤くんの声だった。

なんの用や……。

そのまま無視を続けていると、今度は威勢よく扉が叩かれ始めた。このままだと確実に近所迷惑になる。私は根負けして立ち上がると、玄関の扉の前に立って「何？」とぶっきらぼうに尋ねた。

「やっぱりいた」

扉越しに伴藤くんの笑いを含んだ声が聞こえる。

「飯《めし》に行きましょう」

「なんでウチがアンタと飯に行かないかんねん」

「僕だけじゃないっスよ。曹長とか羽瀬さんも一緒です」

ハッとした。あの時のメンバーだったからだ。心がざわめく。

「……班長も一緒なん？」

さりげない風を装って一番知りたいことを聞いた。

「いえ、座頭さんは誘ってません」

そうなんや……。

ホッとしたような残念のような、もやもやした気持ちが胸の奥に混じった。そのまま黙っていると、伴藤くんが「行きますよね」と確認してきた。

「場所、どこ？」

「良かった。外で待ってますから」

「ちょい待ち。着替えとかせんとあかんから――」

言い掛けて止めた。伴藤くんの足音が遠ざかっていく。きっと、すぐに部屋から出てくると思っているのだろう。

「なんや思てんねん。ウチ、女やで……」

出勤と違ってプライベートでは化粧もするし、服だって選ぶ。バッグだって靴だってそれなりに持ってはいるのだ。

玄関から洗面所へ行き、鏡の前に立って自分の顔を見て、めげそうになった。髪はぼさぼさで目は腫れぼったく、完全に生気が抜けている。こんな状態でおしゃれしたって底が知れているというものだ。

「ほんまにもう！」

うじうじしている自分に腹が立つ。顔を乱暴に洗って、着ていたスエットを脱ぎ捨てると、床に転がっているTシャツとGパンを拾い上げた。

外に出て驚いた。てっきり午後の三時くらいかと思っていたのだが、いつの間にか陽は落ち、辺りは薄暗くなっている。階段を降りて駐車場に近づきながら、「お待たせぇ」と無理やり明るい声を出した。三人は羽瀬さんの車の中で待っていた。後部座席には和葉曹長と伴藤くん。羽瀬さんは下戸なので、みんなで飲みに出る時は大概運転手をやらされる。その代わり、飲み代はタダだ。私は空いている助手席に仕方なく乗り込んだ。

「相変わらず化粧気ないな」

羽瀬さんがチラッとこっちを見て苦笑いを浮かべ、ゆっくりと車をスタートさせる。

「待たせんのが悪いて思うたからですよ」

すかさず、私の真後ろに座っている伴藤くんが「ククク」と忍び笑いをした。

「なんでそこで笑う！」

「いや、別に」

「どうせウチは女子力ゼロや」

言いながらレバーを引いて座席をぐっと後ろに下げた。伴藤くんが「おっ」と声を上げたが、そんなのお構いなしだ。そのまま足を組んで、「どこに行くんですか」と尋ねた。

「『かまど』か『酉笑』か」

羽瀬さんが答える。二つとも小松駅側にある居酒屋であり、隊のメンバーも時々利用している。

「ダイアン、なんかリクエストはある？」

「そうやなぁ」

困った。食べたいものがまったく頭に浮かんでこない。その時ふと、岩上町という交差点の表示が目に留まった。

「なら……『岩永』は？」

岩繋《つな》がりでふっと頭に浮かんだ店名を口に出した。

ちなみにその店は居酒屋ではない。高級な天ぷら店だ。昔、隊の偉い人達に連れていかれ、こんな美味《うま》い天ぷらは食べたことがないと思った。それ以来、給料が出たら時々通うようになった。陸はまだ連れていったことはないが、高岡《たかおか》3尉とは一度だけ行った。あの時はお店の大将に彼氏と勘違いされて慌てさせられたっけ。

「お、天ぷらですか。いいですねぇ」

すかさず和葉曹長が同意を示した。

「さすが曹長、グルメやなぁ」

私が感心すると、「そんなことはありませんけどね」と笑った。

「美味いんですか、そこ？」

興味津々な感じで伴藤くんが誰にともなく聞いた。

「間違いなく美味いよ。でも、伴ちゃんは財布の中身を心配した方がいい」

羽瀬さんの言葉に伴藤くんが「エッ……」と声を上げた。

「別にそこやのうてもいいですよ。ちょっと遠いし」

「岩永」の場所は小松よりも随分と金沢寄りだ。ここからだと四十五分は優に掛かるだろう。

「別にいいさ。みんなヒマなんだし」

羽瀬さんはサラリと言った。だが、多分それは嘘だ。わざわざタイミングを合わせて私を外に連れ出しに来てくれたに違いない。

なんかみんなにいらん心配をかけてるんやな……。

自分の足先で履き古したサンダルがブラブラ揺れている。私は組んだ足を下に降ろすと、座席を引いて元に戻した。


コンクリートで外壁を覆ったシックな作りとは一変して、中は和風の静かな空間が広がる。油の匂いと揚げ立ての香ばしい香りが鼻をくすぐる。美味しそうと思った途端、猛烈に空腹を覚えた。さっきまで鬱々としていたくせに、まったく現金なものだ。

「さっき電話で予約した――」

ドアから顔を覗かせて言いかけると、厨房に立っている大将が「お、菜緒ちゃん。いらっしゃい」と声をかけてきた。すかさず伴藤くんが「おぉ、顔ぉ」と茶々を入れる。

「そんなんちゃう」

私は小声で否定した。

「四名様ですね、こちらへどうぞ」

大将の奥さんで和服姿の品の良い女将《おかみ》さんに案内されるまま、店の奥へと進んだ。途中、食事を楽しむ客の何人かが私の方にチラッと目を向けた。ドすっぴんでTシャツにGパン、サンダル履き。

「岩永」に来るんやったらもう少しマシな格好をしとくんやった……。

まずは瓶ビールとウーロン茶で乾杯。グラスを一気に空《あ》けると、「オーッ」という歓声とともに伴藤くんが空になったグラスにビールを注いだ。

「相変わらずの飲みっぷりだよな」

一人だけウーロン茶の入ったグラスを持ったまま、羽瀬さんが呆《あき》れたように笑う。

「喉が渇いてたから」

なんてね。ウチにとってビールは水みたいなもんだ。日本酒と焼酎も右に同じ。

しかし、なぜか、ワインとかシャンパンになるとこんな風にはいかない。顔がすぐ火照《ほて》るし、酔いが一気に回って気持ち悪くなる。

「ダイアンさんの酒の強さとケンカっ早さは、隊で一番っスからねぇ」

「そらどういう意味や」

私は斜め向かいに座っている伴藤くんの脛《すね》を軽く小突いた。

「イテェッ！　ほら、それ。そういうところ」

文句を言いながら、伴藤くんが私を箸で指した。すかさず和葉曹長が手を伸ばし、伴藤くんの手を下げさせた。

「人を箸で指すなって教わらなかったか？　お前もそういうところをあらためろ」

メディックの大先輩にたしなめられて、伴藤くんが俯《うつむ》く。そのやり取りがあの日の自分と座頭班長に重なって見えた。

もともとカッとなりやすい性質だし、心のどこかでそれを楽しんでいる危ない自分もいる。よく男兄妹の中で育ったからなどと言われるが、多分そんなことはない。兄貴は二人とも穏やかで、喧嘩をするところなんか見たことがない。私だけが特別癇癪《かんしゃく》持ちなのだ。

幼稚園、小学校、中学校、高校。私の親は何度も学校に呼び出された。もちろん喧嘩が原因だ。理由はそれぞれだったが、一つだけはっきり言えるのは、私から喧嘩を仕掛けたことは一度もないということだ。必ず相手の一言が先にあった。それは自分に向けられることもあれば、友達に向けられるものでもあった。そして、仕掛けられたら最後、怒りを一気に爆発させた。相手が二度と言い返せないくらいの勢いで激しく攻め立てた。

航学時代、そんな性格を受け止め、さりげなくストッパーの役割を果たしてくれたのが陸だった。チャーリーの初顔合わせの時、私と笹木《ささき》3尉が一触即発になった時も、陸がとっさに間に入った。まぁ結果は最悪だったが、私の癇癪癖を知っている陸だからこそ、押し退けて自分が先に手を出したのだ。

私はいつも間違ったことをしているつもりはない。でも、そのことで周りに迷惑をかけているのは明らかだ。

「ウチも一緒や……。あらためんといかんねん……」

心の声が呟きとなって漏れた。三人が一斉に私を見つめる。なんの話をしているのか、すぐに分かったのだろう。

羽瀬さんが何かを言おうとした時、女将さんが注文を取りにきた。私はメニューを見ることなく、「コースで」と頼んだ。伴藤くんが驚いた顔をしたが、それは無視した。ここは自分で払おうと決めたからだ。

女将さんが去った後、羽瀬さんが「一つ聞いていいか」と前置きした。

「なんでも」

「あの時、なんでトッキューと言い争いになったんだ？」

羽瀬さんは真面目な顔だった。和葉曹長も伴藤くんも同じだ。

「全部ウチが悪いんです……」

「そうじゃなくて、理由が知りたいんだ」

私はテーブルの上の箸袋をいじりながら、あの日のことを話し始めた。パイロットは女なのかと言われたこと。自分達は救助に失敗したのではなく、ヘリの性能が問題だったと言われたこと。何より、トッキューがなんの挨拶も無しに立ち去ろうとしたこと。

三人は一度もグラスに手を伸ばすこともせず、私の話を黙って聞いていた。

「前の二つは置いといて、トッキューが挨拶をしなかったということはないよ」

やがて羽瀬さんが静かに口を開いた。

「キャビンでありがとうって感謝してたから」

「そうですか……。でもウチは――」

「座頭班長に言って欲しかったんですよね」

私は和葉曹長の顔を見て小さく頷いた。

「ウチは班長にありがとうって言ってもらいたかった……。ヘリの性能なんかやない。あの時、班長が操縦していたからこそ、すべて上手くいったんや。そのことをちゃんと分かって、感謝して欲しかった……」

アカン……。こんな話してると泣きそうになる……。

人前で涙など見せたくないから、私は慌ててグラスを摑み、再びビールを一気に飲み干した。

酒はビールから日本酒へと移った。ここ石川県には美味しい日本酒が沢山ある。「天狗舞」「菊姫」「手取川」、そして「神泉」。どれを取っても口当たりが良く、どんな料理にも合うのが特徴だ。主張し過ぎず、それでいて確かな旨《うま》みがある。

「お前もいつか、そんなパイロットになれたらな」

日本酒を飲みながら、座頭班長から冗談っぽく言われたことを思い出してしまう。

女将さんが大将の揚げた天ぷらを次々と運んでくる。加賀のれんこんや名物の一本ねぎ、椎茸に巻きエビ、どれもこれも本当に美味しい。ただ、日本酒がどんどん進むのが怖いけど。和葉曹長はさすがに大人だけあって物静かにお猪口《ちょこ》を口に運んでいる。羽瀬さんはウーロン茶と天ぷらという組み合わせ。ちょっともったいない気もするが、表情はとても満足そうだ。一方、伴藤くんはというと……食べ方が実に汚い。

「そない慌てんでも誰も取らんって」

途中、何度かたしなめたが、一向に聞く耳は持たず、ひたすら手と口を動かし続けている。

たまらん奴《や》っちゃで……。

いい感じにお腹も溜まり、軽く酔いも回ってきたところで、私は以前から気になっていることを口に出した。

「羽瀬さん、なんでFEになったんです？」

いつもなら決して話そうとしないが、今ならなんとなく答えてくれそうな気がした。

「つまらん話さ」

「別につまんなくてもいいですよ」

羽瀬さんはしばらくお皿の上の天ぷらを見つめていたが、やがて、「当時、付き合ってた子がいたんだ」とゆっくり口を開いた。

「空自が好きな子でね、よく航空祭とかにも出かけていたらしい。たまたま地元の友達の結婚式に出た時に知り合って、話が合った。それから暫《しばら》くして、付き合うようになったんだ。俺はだんだんと結婚を意識し始めたけど、向こうにはその気がなくてさ……。結局、俺が空自ってだけで付き合いだしたから。向こうが好きなのはパイロットなんだと分かって——」

「それでFEを目指そうと思ったんスか？」

伴藤くんの言葉に羽瀬さんは照れ臭そうに頷いた。

「な、夢も希望もない、つまんない話だろ」

「つまんなくはないっスヨ。むしろ意外っていうか……。それで、その彼女さんとは？」

「一度喧嘩して、それっきり連絡が来なくなった。残されたのはFEになるための勉強だった」

羽瀬さんは寂しそうな笑みを浮かべた。

「なんか……すみません」

謝る私に、「いいさ。話してすっきりした。それに、今じゃFEになって良かったと心から思ってる。どうしようもない動機だったけど、そこでやりがいを見つけたって感じだよ」

そう言って笑う羽瀬さんの表情からは寂しさは消えていた。

「ダイアン、その後、座頭班長とはどんな感じなんだ？」

一通りのコースが終わった時、羽瀬さんが尋ねてきた。

「どんなって……」

思わず口籠る。

「メディックでも整備小隊でも、ダイアンの訓練から班長が外れたことは話題になってる。何か聞いてないのか？」

私は首を横に振った。

「そうか……」

「あんまり出来が悪うて見捨てられたんやないかな」

自虐的に笑った瞬間、「何をバカなことを！」と和葉曹長が大声で怒鳴った。店のお客や女将さんまでもがびっくりした様子でこっちを見た。いつも穏やかで柔らかい物腰の曹長とは思えない、鋭い物言いと目付きだった。

「いいですか、ダイアンさん。親が子供を見捨てることなんてありません。班長があなたのことをどれほど大切に思っているか、私は知っています。班長がなぜあなたと距離を置いたのか、私にその理由は分かりません。でも、そうするべきだと考えられたのでしょう」

再び口を開いた時はいつものように、優しく諭すような物言いに変わっていた。

「救難隊は家族だ」

座頭班長の言葉が甦る。

家族。でも、ならどうして班長は訓練を代わってしまったのか。

ウチはやっぱり醜いアヒルの子や……。

どんなに酔っても、一度湧いてきた気持ちは拭えなかった。


蒸し暑い夏はいつの間にか遠ざかり、海から冷たい空気の混じった風が吹くようになった。

小松市内は十一月に入ってからずっと曇天が続いている。太陽が鉛色の雲に遮られ、山も街も空も色が抜け、全体が灰色に霞んだような景色が広がっている。もうすぐこの空から雪が落ちてくる。小松に来て三度目の冬がやって来る。

あのアクチュアル以来、座頭班長とは一度も訓練を共にしていない。副操縦席には常に長須3佐が座るようになった。師匠が代わってあらためて気づいたことは、二人の指導方法がまったく違うということだ。「まず、自分でやってみろ」という態度だった班長と違い、長須3佐はどんなことでも細かくチェックする。飛行前のブリーフィングは元より、操縦中も、戻ってからのデブリーフィングも、重箱の隅を突つくほどの緻密さで指摘を受けた。そして、質問にすぐに答えられないと、必ずこんな言葉を投げかけられた。

「お前はなんとなく分かったような気になっているだけだ。それは分かっていることとは違う」

　確かにその通りだ。なんとなくできる気になっていた。だが、なんとなくではいざという時、どうにもならない。基礎から勉強し直そう。そう決心して、一番最初に使っていた教本を本棚から引っ張りだし、イロハのイから納得のいくまで読み返す日々だ。

　勉強し直すといえば、和葉空曹長に願い出てメディックの登攀《とうはん》訓練にも参加した。これまでにも二度、一緒に登山をすることはあったが、その時はあくまでもお客さん扱いだった。しかし、先日の白山登山では、できる限りメディックと同じ行動を取ることを心掛けた。重さ40キログラムを越す資機材を背負い（これでも他のメンバーより20キログラムほど軽い）、ロッククライミングにもチャレンジした。サバイバー役の人形をストレッチャーに乗せ、急勾配の山の中をヘリがピックアップできるような場所まで引《ひ》き摺《ず》りもした。汗が噴き出し、食べたものが口から戻ってきそうになる。そんな中、容赦なく空曹長の檄《げき》が飛んだ。

「人命救助は一分一秒が勝負だぞ！」

ここで足を止める訳にはいかない。そして同時に気づいた。今までメデッィクには空からピックアップ可能なポイントを指示することばかりを考えていた。その時、地面では、こんなに苦しい状況が展開しているとは分かっているようで分かっていなかった。メディックがパイロットに対して何を思い、どうして欲しいのか。そんなことをあらためて考える機会になった。

「もう一度、タッチアンドゴーだ」

今にも降り出しそうな空の下、私は今日も基礎訓練を続けている。

「次は左からアプローチする」

長須3佐の指示通り、機体を旋回させながら降下準備に入る。眼下には小松市内の家並み、小松基地の滑走路、救難格、ハンガーが見える。風向きは東、風力3m。キャノピー越しに周囲を見渡しながらも、背中にキャビンにいる人の気配を感じている。FEやメディックが足を踏ん張らないでいいよう、恐怖を感じないよう、素早く、ゆっくりと、確実に機体を降下させていく。5m、3m、1m。昇降計を見なくても地面と車輪の感覚が頭の中に描かれている。

ゼロ……。

そう感じた瞬間、車輪がアスファルトの地面に軽く触れた。そこから再びコレクティブスティックを引き上げながら上昇開始。機体はほとんど揺れることなく再び空へと舞い上がる。

「今日はここまでだ」

「ありがとうございました」

長須3佐にお礼を伝え、私は管制塔に向かって「コマツタワー、シェード47」と呼び掛けた。

でも、一人になると心の中に開いた穴がうずく。

「班長、ご飯行きましょうや」

何の屈託もなく呼び掛けていたあの頃を思い出す。班長がどことなく遠くなった気がするのは正直寂しい。でも今は長須3佐からできる限りのことを勉強しようと思っている。いつか再び、班長が隣に座ってくれることを信じて。


デブリを終えた後、ノートを買いに自転車でBXに向かっている時、携帯が鳴った。路肩に自転車を停めてポケットから携帯を取り出すと、表示は真子だった。

「おー、久し振り」

そんな私の口振りに、「久し振りちゃうやろ」とムスッとした声が返ってきた。真子が怒っているのは友香のことだろう。結局、友香と話はしていない。何度か行き違いをしたり、電話に出なかったりを繰り返しているうちに、話す機会を失くしてしまったのだ。

「あんたはもうちょっと友達甲斐のあるヤツやと思うてたわ」

ズバリ確信を突いてくる真子に対し、「ウチもいろいろ大変やってん」と弁解しながら僅かな抵抗を試みる。

「ほんまにもう、二人とも信じられへん」

真子が溜息交じりに呟いた。

「二人って……あんた友香と話したんか？」

「会うた」

「友香、どうやったん？」

真子はすぐには答えなかった。電話の向こうで気持ちを整えようとする気配が伝わってくる。

「別に、どうもないって」

「……え？」

今度は私の方が固まる番だった。

「せやからな、めっちゃ元気やったわ」

なんやそれ……。

育児ノイローゼなんていうから気になっていたのに、やっぱり真子の想像だったのか。

「赤ちゃん二人かかえてるからちょっと痩せはしとったけど、毎日楽しいって。延々育児サークルの話とか聞かされたわ。それよりあんたのこと心配しとったで。何べんも電話掛かってきて、菜緒、どないかしたんかなって」

それ、あんたのせいやないか……。

ウチの仕事がレスキューやろなんて言うから、こっちは気にして何度も電話を掛けたりしたのだ。

「菜緒、聞いてる？」

「聞こえてる」

私は気の抜けた返事をした。

「あんた大丈夫なん？」

「何が？」

「何がって、さっき大変やて言うてたやん」

「あぁ」

ここでまた変な噂を立てられたらたまったもんじゃない。友香にもいらない心配をかけてしまうことになる。

「仕事で疲れてただけや。でももう大丈夫」

も考えてない。

「そうか。なら良かった」

真子はそれからコンサートの話と最近出来たショッピングモールの話を立て続けにした。物凄い勢いで、まるで喫茶店かなんかにいる気安さで。こっちの状況なんてなんも考えてない。

「正月、大阪帰るから、一緒に友香んとこ行こう」

僅かな話の隙間を見つけて、私はその言葉を捻《ね》じ込んだ。

「うん、わかった。ほなな」

ほなな、ちゃうやろ……。

でも、電話を切ったあと、すーっと心が軽くなった。悩みが一つ無くなったからもある。でも、それだけじゃない。みんな、自分の世界の中で一生懸命生きてるんだと感じられたからだ。毎日毎日同じことの繰り返し。でも、その中で楽しみを見つけ、幸せになるために生きている。

みんな、頑張ってるんやな。

私は携帯をポケットに突っ込むと、照明灯の灯った基地の中を再び自転車を漕ぎ出した。

飛行班事務室に戻って買ってきたノートを開く。記憶が鮮明なうちに、今日の訓練の反省点を書き込んでいく。これも師匠が座頭班長から長須3佐に代わって自発的に始めたことだ。すでに退庁時間は過ぎているから、事務室の中に人影はまばらだった。人が少ないと集中できるから都合がいい。長須3佐に指摘されたこと、自分が感じたことなどを図解入りで書き込んでいく。ふと気がつくと、机の上にコーヒーカップが置かれ、柔らかい湯気が立ち昇っていた。

「熱心だなぁ」

佐原隊長が後ろから身体を伸ばしてノートを覗き込んでくる。私は慌ててノートを覆い隠した。隊長が側に来たことなんてまったく気づかなかった。

「ちょっとぐらいいいだろう」

「ダメです！」

私はキッパリと言った。なんせ拙《つたな》い画だし、字は汚い。自分なりの気持ちも書き込まれているのだ。佐原隊長は笑みを浮かべ、「娘の日記を覗き見しようとした時もそんな感じだったたな」と言った。

そんなん当たり前やん！

だが、なんとか「そりゃ日記はダメですよ」と柔らかい口調に変えた。

「そういうもんか。でも、親になればいろいろ気にもなるんだよな」

親になれば、か……。

座頭班長もこのノートの存在を知っているのだろうか。知っているとすれば、中身が気になっているのだろうか。

隊長が隣の席に座ってコーヒーを飲み出した。

「これ、ありがとうございます」

私もペンを置いて、隊長が淹れてくれたコーヒーを一口飲んだ。温かい。コーヒーが喉を通っていくのを感じる。集中していて分からなかったけれど、部屋の気温は随分と下がっているようだ。

「もうすぐ冬ですね」

「そうだな」

佐原隊長は窓の外を見た。遠くに滑走路の灯りが点々と見える。冬になれば天候不順で訓練が取り止めになったり、この滑走路も雪で埋まることが何度もある。

「実はな、急遽《きゅうきょ》、海保との合同訓練が決まった」

それ自体は驚くようなことじゃない。これまでにも何度か空自と海保の訓練はあったはずだ。

「いつです？」

「来月だ。いつもは春か夏にやっていたんだが、今回はより厳しい状況での訓練ということで、冬の日本海になった。こちらはうちの隊が出る。向こうは九管が主体だ。そして、特殊救難隊が初めて参加する」

トッキューが……。

その言葉を聞いた途端、胸がチリっとした。佐原隊長はその後にもっと刺激的な一言を付け加えた。

「回転翼のパイロットはお前とダンクのペアで臨むことにした」

5

海保との合同訓練を翌日に控えた日曜日の朝、鏡に映った自分の顔を見て、「よし、髪切りに行こう」と思い立った。行き付けというほどでもないが、この一年半くらい前から金沢市内の美容院に通っている。小松基地勤務になった当初は、整備小隊にいる女子から教えてもらった小松市内の美容院に通っていた。流行を追いかけているワケでもなし、ショートカットの髪を鬱陶しくないくらいに切り揃えてもらえればそれで良かったから、近所のおば様方が来るような店でも全然問題はなかった。ただ、あの娘が現れたことでちょっと心境が変化した。

名前は篠崎舞子《しのざきまいこ》。新田原で陸の追っ駆けやファンページを作っていたのは知ってはいたし、迷惑なやっちゃなぁと腹も立てていたのだが、まさか陸を追いかけて金沢大学に進学してくるとは驚いた。背は私より大分高い。もしかすると165cmくらいはあるかもしれない。顔は小っちゃくて、まぁまぁ見られる方だとは思う。髪は肩甲骨くらいまであるロング。この髪が風が吹くとサラサラと揺れる。ズルい女の武器だ。服のセンスは別にどうということもない。はっきり言って今時の女子大生風だ。そこら辺にいる女となんの変わりもない。……とはいうものの、正直プレッシャーを感じたのも事実だ。だから、美容院と服を買うのは小松よりも大きな街、そして舞子のいる金沢にしようと決めた。

外は曇ってはいたが幸い雨は降っていない。官舎から小松駅までは自転車で向かい、そこからJR北陸線に乗った。特急電車はちょうど出たばかりだったので普通電車にした。たかだか十五分くらいしか差はないし、予約の時間にもまだ間がある。車内には親子連れが二組と女子中学生らしきグループが一組、あとはおじさんやおばさんが数人ずつ、対面式のシートに座っている。私は対面式を諦め、ロングシートの端に座った。知らず知らずの内に腰の位置を深くして、背中をぴったりと背もたれにくっ付けている。これじゃぁまるでヘリの操縦席みたいだ。

こんなん無意識に出るんやな……。

それとも明日の訓練を前に緊張しているのだろうか。分からない。そのどっちも有り得る。電車がゆっくりと動き出した。私は一度身体を浮かせ、再びシートにもたれるように座り直した。

美容院は金沢駅から武蔵方面へ向かったところの一筋東側にある。歩いて十分足らずだ。なるべくのんびりと歩いたつもりだったが、それでも約束の時間よりかなり早く着いてしまった。しばらく中で待たせてもらおうと思い、入り口のドアを開ける。カランコロンと可愛らしい鈴の音がして、お客さんの髪をカットしている店長がちらりとこっちを振り向いた。

「いらっしゃい。奥にどうぞ」

三十代の今風な風貌だ。髪をぐちゃぐちゃに立たせてその上に黒いハットをちょこんと載せ、顎にはヒゲ、耳にはピアス、着古したジーパンの上から、愛用のハサミや櫛《くし》が入った革のベルトを腰辺りに巻いている。最初見た時はチャラそうな奴やなぁと思ったが、話してみると芯はしっかりしているし、話題も豊富で、何より店長としてお客さんへの気遣いが心地よく、それを眺めているだけでほんわかとした気持ちになれた。

「そやけど、まだ時間が……」

「大丈夫大丈夫」

店長がそう言って笑う。やっぱりチャラいけど、目はとても優しい。私は素直に従って、一番奥の椅子に腰を下ろした。ここでも危うく背筋を伸ばしそうになり、慌てて緊張を解いた。

アシスタントの若い女の子にお客さんを任せ、店長が私の後ろに立つ。互いの姿が正面の鏡に映る。これって何度経験してもやっぱり照れ臭い。

「今日はどうするの？」

「ちょっと短くしてもらおうかなと思って」

店長はちょっと不思議そうな顔を浮かべ、「あれ、この前は伸ばすって言ってなかったっけ」と鏡越しに尋ねた。

「ちょっとね、心境の変化」

「あれぇ、何があったんだろう」

今度は私の横顔を直《じか》に覗き込んで言った。

「店長が想像してんのとちょっとちゃうよ」

私は一瞬苦笑いしたが、真面目な顔になって、「気合いを入れ直そうと思うて」と答えた。

「それって仕事に関わること？」

店長もここにいるアシスタントの子達も、私が空自でヘリパイをしていることは知っている。自分の口から話さなくても、テレビや新聞、ミニコミ紙などで顔を覚えている人は意外と多いのだ。

私は小さく頷いた。

「よし。なら、俺も気合いを入れないとね」

店長はハットを取って髪を掻き上げると、今度は深々と被り直した。まさかこのハットがやる気スイッチを入れる目安になっていようとは気づかなかった。

冷たい風がウチの髪を揺らす。美容院から駅へ戻る途中、店先のガラスに映った自分の姿をチラっと見た。ベリーショートになった女の子がそこにいた。私はよく知らないが、『でんぱ組』というグループの最上《もがみ》なんとかって子に似てると、たまに言われる。芸能人に似ていると言われるんなら、そこそこイケてるということかもしれない。そんなことをひっそりと思いつつ、駅に隣接するデパートで幾つか買い物を済ませ、再び電車に乗って小松へと戻った。


その夜はいつもより早くベッドに入った。しかし、なかなか寝付けなくて、何度も寝返りを打った。陸にメールでもしようかと思ったが……止めた。どうせアイツはすぐに返事を返さない。全部、自分のタイミングなのだ。それでいつもこっちがやきもきさせられる。

ほんまにもうアイツはなんやねん。

布団の中でチャーリーと過ごした日々や陸のバカっぽさを思い返していたら、いつの間にか眠りに落ちていた。

一時間近くも早く官舎を出て、いつも通り自転車に乗って基地へと向かった。夜明け前の外気は身を切るように冷たかったが、空気は澄んでおり、ほとんど雲も出てない。とても師走の空とは思えないほどだ。とはいうものの、そこはやっぱり北陸だ。いつ何時天気が急変するか分からない。

天気が変わるといえば、少し前、大田のおばちゃんとの間にこんなことがあった。少し遅めの昼食を一人で取っていた時のことだ。焼きそば定食の大盛を猛然と食べていると、突然おばちゃんが私の隣にやってきて、どっかりと椅子に腰を下ろした。そして、「女心と秋の空っていうけど、ありゃ嘘だね。女はいつだって一途《いちず》なもんさ。変わるのはいつも男の方だよ」そんなことを突然言い出したのだ。思わず箸を動かす手を止めておばちゃんの方を見ると、おばちゃんは口を尖《とが》らせ、「気にしなさんな」と続けた。

「……なんの話なん?」

大田のおばちゃんは怪訝そうな私の顔をじっと覗き込むと、「座頭さんがあんたの訓練を外れたのは、絶対なんか理由がある。あの人は並みの男とは違うからね」そう、小声で囁いた。

そっか。おばちゃん、心配してくれてたんや。

それにしても本当に隊の内情までよく知っているものだ。感心しつつ、「分かってる」と答えた。おばちゃんは満足そうな笑みを浮かべると、再び厨房へと戻っていったのだった。

「男心と秋の空ね……」

北陸の空は冬へと変わってはいたが、この澄み切った空が訓練の最中、男心のように急転しないことを祈るばかりだ。

朝早いため、自転車置き場はがらんとしている。いつも隅っこに停めている自転車を今日は堂々とセンターに停めてやった。そして、素早く周囲に目を走らせる。誰もいないことを確認して、頬をピシャッと叩いた。

「朝からいい音させてんじゃねぇか」

その声を聞いた瞬間、心臓が凍り付くんじゃないかと思えるほどびっくりした。

嘘やん……。

よりによって一番見られたくない人の声だ。

「なんで……こんな早い時間にいるんですか……」

振り向きざま、救難格のある建物の方を見た。そこには巨体を柱に預けてこっちを眺めている座頭班長の姿があった。

「お前、髪切ったのか」

質問には答えず、代わりに私の髪型に触れた。

「昨日、ちょっと……」

「気合いを入れたってワケだ」

　その通りだ。誤魔化しは通用しない。なんでもお見通しだ。それに、私が髪を切ったことにもちゃんと気づいてくれた。最近、ろくに話もしなかったが、遠くからちゃんと見ていてくれたのだろう。そのことが素直に嬉《うれ》しい。ただ、気合いを入れたのは　髪型だけじゃない。あの日、金沢駅に隣接している金沢フォーラスで下着も買った。値段は度外視、気に入ったものを選んだ。色は大好きな海と空、そしてUH－60Jの機体色である濃い青だ。今日はそれを身に着けている。私の場合、勝負下着の使いどころはこういう時なのだ。さすがにそれを班長に伝えるワケにはいかないが……。

「班長もちゃんと気合い入ってるんでしょうね。海保の前で失敗なんかしたら、救難隊だけやのうて空自《うち》の恥ですからね」

　照れ隠しを啖呵《たんか》に変えた。班長は一瞬、「なんだと」とばかりに片方の眉を吊り上げたが、私の真似をしてピシャッと頬を叩くと「当たり前だ」と大きな声で答えた。

　あぁ、これや。

　蓋が開いて懐かしい感情が溢れ出してくる。私は笑った。班長も笑みを浮かべ、「行くぞ」と言った。私は班長の方へ小走りに駆け寄ると、そのまま救難格の中へと入っていった。

七時半から始まったモーニングレポートには、パイロット、メディック、ＦＥ、整備小隊全員が参加する。そんな中、私と班長が隣同士に座っているのを見つけて、羽瀬さんや和葉空曹長、伴藤くんが微笑むのが分かった。

まず、気象隊が今日一日の天候の推移を説明した。報告によれば、午前中は概《おおむ》ね晴れ、午後は西から次第に天気が崩れてきて、夜は雨が降り出すとのことだ。風は陸で３ｍから４ｍ、海上ではそれ以上に達するとの予測だ。特に午後からは雲が出て、雲の厚みによっては僅かだが雨も降る場所もあるようだ。それくらいの崩れならば大丈夫。大きな問題はない。ただ、海風が強まるのは厄介だ。ヘリが揺れるとどうしても吊り上げに時間が掛かる。そこだけは注意しなければならない。

「では、座頭班長より訓練の概要説明をお願いする」

佐原隊長に呼び掛けられ、座頭班長が立ち上がって隊の正面に立った。

「えー、訓練は半日を通して行われる。事前の通達から大きな変更はないが、もう一度おさらいをしておく。１０：３０《ヒトマルサンマル》、金沢海上保安部より小松救難隊に災害派遣要請が入る。航行中の貨物船が火災を起こし、航行不能となった。多数の重軽傷者が出ており、一刻も早い救助が望まれる、という内容だ。これを受け、直ちにＵ－１２５ＡとＵＨ－60Ｊは現場へと向かう」

この間、会議室の照明は落とされ、正面のスクリーンにはプロジェクターで訓練空域に浮かぶ巡視船・艇や固定翼、回転翼の位置が映し出される。

「巡視船・艇が貨物船の消火を行う間、救助は海保側から特殊救難隊《トッキュー》が、空自《うち》からは救難員《メディック》が担う。その後、船員数名が行方不明ということが分かり、付近の海上を捜索開始。U－125Aは先行し、漂流したボートを発見、巡視船をその場所へと誘導する。

訓練の締めは緊急搬送だ。UH－60Jは巡視船に着艦後、重体のサバイバーを収容して基地へ帰投する。今回の訓練の主目的は海保との連携強化だ。諸君も知っての通り、海保とうちでは無線の周波数、言葉の意味するところ、ハンドシグナルまでもが違う。意思の疎通、お互いの理解が深まれば、これからの海難事故に対する場合、様々な面でプラスとなるとの判断である」

私は小さく頷いた。トッキューをピックアップした時もこれで悩まされたのだ。あの時、座頭班長が機転を利かさなければ、救助にはもっと時間が掛かり、もしかすると最悪の展開にさえなっていたかもしれない。

「U－125A、パイロット、坂又3佐」

「はい」

「コパイ、秋山《あきやま》曹長」

「はい」

「FE、信田《しのだ》1曹」

「はい」

「救難員、尾川2曹」

「はい」

名前を呼ばれた者が返事をして次々に立ち上がる。

「以上、計四名。次にUH－60J」

来た……。分かってはいても、自分の名前が呼ばれると思うとドキドキする。

「パイロットは座頭、コパイ、大安曹長」

「はい！」

威勢よく返事をした。ただ、勢いが良過ぎて椅子がガタンと大きな音を立てた。

「FE、羽瀬2曹」

「はい」

「メディック、和葉空曹長、伴藤3曹」

「はい」

「以上、計五名」

今回はこの九人で海保との連携に挑むことになる。

班長が「質問は？」と問い掛けたが、誰も手を挙げる者はいなかった。すでに通達された用紙の段階で何度も読み込んでいるので、訓練の流れは完璧に頭の中に入っている。

座頭班長が小さく頷くと、壁際近くに座っている伴藤くんが部屋の灯りを点《とも》した。そのタイミングで佐原隊長が立ち上がると、座頭班長の隣に並んだ。

「良き訓練になるように。そして、くれぐれも怪我や事故のないように。私からはそれだけだ」

佐原隊長の挨拶はいつも短く、そして隊員達に向けての温かい言葉で締《し》め括《くく》られる。

「気をつけ」

座頭班長が声を張った。隊員達が一斉に椅子から立ち上がる。

「敬礼」

全員が佐原隊長に向かって一礼し、モーニングレポートは解散となった。


その後、飛行班事務室で回転翼、固定翼のチームがそれぞれブリーフィングを開き、さらにポイントを絞り込んだ打ち合わせを行った。私は座頭班長の隣に座って、メモを取りながら班長の話に耳を傾けた。今回の訓練で回転翼が担うのは二つ。火災を起こしている貨物船からのサバイバーの救助と、巡視船に着艦してのサバイバーの収容だ。二つ共に学ぶべきことは多いが、救助訓練は何度も行っているのに対し、船への着艦は初めてのことだった。航行している船にヘリを降ろすのがどれくらい難度があるものなのか、座頭班長の操縦を間近でしっかりと観察しようと決めていた。

「ところで」

大体の打ち合わせを終えたところで、座頭班長が腕組みをした。

「一つ、どうしても気になることがあるんだが」

全員が班長に注目した。

「なんですか」

やけに勿体つけた言い方が気になって、私は急《せ》かすように尋ねた。

「あちらさんのトッキューな、どこが来るか知ってるか？」

最初、なんのことかピンとこなかった。和葉曹長は質問の意味を悟り、「トッキューには第1隊から第6隊までの六個隊があるんですよ」と補った。

あぁ、そう言えばあの時、隊長と名乗った男が、確か第3隊とかって言ってたような気がする。

「実は第3隊が参加する」

「えっ……」と思わず声が漏れた。よりによって例の第3隊が来るとは……。まだ、あの日のやり取りと、「性能の差」だと言い切った二条の顔は生々しく脳裏に残っている。

「で、座頭班長は何が気になるんです？」

伴藤くんが聞くと、

「またこの前みたいなことにならなきゃいいがと思ってなぁ。それが心配で心配で昨夜は眠れなかった」

なんとも大袈裟な物言いをしながら、班長は私の顔を見た。

「別になんもしませんよ」

「ほんとか？」

「ほんまです！　……ただ」

「ただなんだ？」

「向こうがけし掛けてきたらわからんけど……」

「ほらこれだ。まったくお前は火薬庫みたいな奴だよな」

クルー全員が一斉に笑った。近くでブリーフィングしている固定翼のクルーが何事かという顔でこっちを見た。

「それはあれですね、女心と秋の空」

声のトーンを抑え気味に羽瀬さんが言った。

出た、これやこれや。

私は心の中で一つ咳払《せきばら》いをすると、「それは間違ってます」ときっぱり言い放った。

「間違い？」

羽瀬さんが怪訝な顔を浮かべる。

「女心は一途なんです」

「それはお前の意見か？」と座頭班長が尋ねた。

「いえ、最初に言ったのは大田のおばちゃんですけど……」

「あのおばちゃんが女心を語るなんて一大事だ！」

私は伴藤くんの顔をジロリと睨み、「それ、おばちゃんに言いつけたるからな」と言った。

「えー、それはちょっと——」

伴藤くんを無視し、「いや、確かにそれはほんとだよ」と羽瀬さんが真面目な顔で答えた。

「元々の諺《ことわざ》は『男心と秋の空』だったんだそうです。移り気な男の心を指したものだったらしい。それを誰かが女に変えて今に至った」

「しょうもないことをする奴がいるもんや」

思わず口を尖らすと、「あのな、ダイアン。女心は一途じゃなくて、感情の起伏が激しいことを意味してるんだ」羽瀬さんが諭すように言った。

「うそ……」

「お前にピッタリだな」

班長が驚きの声を上げると、他のクルー達は周りに迷惑を掛けないよう、必死で笑いを押し殺した。

なんやねん、もう……。

でも――最後には私もつられて苦笑いになった。


「災害派遣発令、災害派遣発令。能登半島沖で貨物船の火災事故が発生」

救難格全体にアナウンスが響き渡った。アラート対応通りに固定翼、回転翼のクルー達が勢いよくハンガーに飛び出していく。私はＵＨ－60Ｊの副操縦席に飛び乗った。隣の操縦席には座頭班長が座り、すでにＦＥの羽瀬さんが読み上げるチェックリストに一つずつ返答している。キャビンでは和葉曹長と伴藤くんが救難用の資機材をいつでも取り出せるように並べ替えている。トッキューとの救助訓練ということもあり、いつも以上に気合いの入った顔に見える。計器のサブチェックを行いながら、私は「あぁ、やっぱりしっくり来る」と感じていた。救難隊でベストメンバーを作るのは正しくないことだ。誰とでも最高の結果が出せるのが本来の姿だ。しかし、私はやっぱりこのメンバーで飛ぶのが一番好きだ。心の中でそう思っていても罰は当たらないだろう。

「菜緒、ぼーっとすんな」

すべてのチェックを終えた班長が横目で見た。

「ぼーっとなんかしてません。嚙みしめてるんです」

「何をだ？」

「いいから。行きますよ」

座頭班長は微《かす》かに笑みを浮かべた後、「コマツタワー」と管制塔に呼び掛けた。

「シェード47、レディ」

管制塔からすぐに離陸許可が下りる。班長はクルーが定位置にいるか、もう一度視線を走らせて確認した。

「ラジャー、クリアードフォー・テイクオフ」

爆音を響かせ、ＵＨ－60Ｊは青空に向かって飛び出した。


飛び立つとすぐに日本海へ進出、そのまま訓練空域の北東方面へと向かう。外海は白波が立ち、気象隊の予想よりも早い段階で風が強まっていることが分かる。飛行指揮所からの連絡で、海保の巡視船・艇三隻が、火災を起こしている貨物船への消火作業を始めているとの一報があった。貨物船はもちろん本物ではない。金沢海上保安部のＰＭ型巡視船「そごう」を貨物船に見立てて使用している。

その時だ。

「シェード47、聞こえますか」

若い男の声が呼び掛けてきた。

「こちら特殊救難隊第3隊」

すぐに声の主が誰だか分かった。隊長の二条だ。

「こちらシェード47、感度良好。どうぞ」

ヘッドセットの無線越しに班長が答える。

「現在地、能登半島沖5㎞地点。『えちご』『ひだ』『さど』の三隻で貨物船の消火作業中。火の勢いが弱まり次第、要救助者の救助を開始する」

「了解。そちらに急行する。到着次第、救助活動を展開する」

それだけの短い応答だったが、海保との無線交信は新鮮であり、こちらがサバイバーと表現する救助者を「要救助者」と呼ぶ言葉の違いも、ピリっとした緊張感をキャビンの中に生み出した。

「四時の方向、煙が見えます」

クリアな視界の中、水平線から立ち昇る煙がくっきりと見えた。班長が機体を煙の方へと向ける。同時に、「メディック、進出準備」と指示を出した。羽瀬さん、和葉空曹長、伴藤3曹は席を離れ、キャビンの方へと移動を開始する。

いよいよやな……。

私は小さくふーっと息を吐いて気持ちを整えた。

現場に近づくにつれ、貨物船に想定されている巡視船「そごう」から想像以上に黒煙が上がっていることに驚いた。班長がローアンドスローで向かい風を読みながら、機体をゆっくりと該船に接近させていく。眼下では時折、派手な黄色と黒のウエットスーツが見え隠れしている。想定通り、トッキューはヘリではなくボートを使ってサバイバーを次々に救助していた。

「シェード47、こちら特殊救難隊」

再び二条から通信が入った。

「船首側に二名負傷者がいる。救助願いたい」

「了解した」

機体を風に正対させながら、大胆かつ慎重に該船へと接近していく。やっぱり上手いとあらためて思う。長須3佐ももちろん上手いが、班長の操縦はどんな時でも機体が安定している。両手のスティックと両足のペダルを身体の一部のように扱わないと、決してこんな風にはならない。

「誘導、開始します」

羽瀬さんが声を掛けてきた。ドアが開かれ、潮風が機体の中に吹き込んでくる。班長は羽瀬さんの指示通りに、時折右下を確認しながら機体を該船の船首部分へと近づけていく。

「よーし、その位置」

ピタリと機体の動きが止まり、そのままホバリングへと移行する。

「キャビンよりコクピット。ホイスト降下、準備完了」

「降下開始」

「ラジャー、降下開始」

最初に伴藤くんが船首部分へ降り立った。続けて和葉曹長がホイストケーブルで一気に降下していく。私は周囲の状況を気にしながら、モニターで二人が吊り上げ準備を進めるのを見つめた。伴藤くんが降下してものの数分で、こちらに向かってクルクルと右手を回す。準備オッケーのサインだ。

「むちゃくちゃ早いわ……」

私の呟きを耳にして、「当然だろう」と座頭班長が答えた。

そりゃそうやわな。

昔、和葉空曹長が話してたっけ。トッキューと合同訓練をやった時、お互いに力が入ったって。

「吊り上げ中、吊り上げ中」

ドスンと機体に重みが加わる。

「収容完了。ドア、クローズ」

ものの十分とかからずに二名のサバイバーを機体に乗せ、UH－60Jは颯爽《さっそう》と該船を離れた。

その後、指揮船であるPL型巡視船「えちご」に、収容したサバイバー役の海上保安官二名を吊り降ろす作業に入った。巡視船からの誘導に従い、座頭班長はヘリ甲板上空に機体を寄せ、ダウンウオッシュが船尾の方に抜けていく絶妙な位置でホバリングの姿勢を取った。その間にも同時的に訓練のシナリオは進められており、U－125A は該船から海に落ちたサバイバーの捜索へと向かった。今度は空自の固定翼と海保の巡視船の連携訓練が始まるのだ。

「羽瀬、潮の流れは？」

吊り下げを終えて巡視船から離れた後、座頭班長は正面を見据えたまま問い掛けた。

「えっと……貨物船から南西寄りですね」

「大陸の方からの風で押し流されてる感じだな」

「そうなります」

だいたいの漂流地点はあらかじめ決められてはいるが、なんせ相手は自然である。風もあれば潮の流れだってある。すべて予定通りには進まない。しかも、探し出さなければならないのはゴムボートであり人間だ。空から海を見れば、それがいかに困難なものであるかを思い知らされる。いくら海の警察官といわれる海上保安官であっても、漂流体験は心細いはずだ。早く見つけるに越したことはない。

「まぁ、あっと言う間でしょう。なんたって向こうには『センサー』が乗ってますからね」

緊張が解けたのか、伴藤くんがぺろりと軽口をたたいた。

U－125Aに乗っているFEの信田1曹は「センサー」という異名を持ち、アクチュアルで数々の船やサバイバーを発見してきたベテランでもある。

「伴藤、そういう冗談はすべてが終わってからにしろ」

「すみません……」

インターフォン越しに座頭班長のドスの利いた声が響いた。

こちらからは見えないが、今頃きっと、伴藤くんは和葉曹長に頭をはたかれているだろう。

「シェード47、こちらコマツオペラ」

15時40分、小松基地の飛行指揮所より通信が入った。

「巡視船『えちご』に急患が出たとの通報が入った。直ちに現場に急行せよ」

「こちらシェード47、了解」

座頭班長が答えた。

いよいよ本日の訓練の締め、巡視船への着艦だ。

機体が前方右を航行している巡視船に向けられる。その時、座頭班長が「菜緒」と名前を呼んだ。私を名前で呼ぶ時は真面目な話をする時だ。こんな時に一体どうしたんだろうと若干緊張しつつ、「はい」と答えた。

「お前、やってみるか」

最初、班長が何を言っているのか分からなかった。班長の目を見た。そして、言葉の意味を理解した。

「でも……」

「でもはいらん。やるかやらないか、どっちかにしろ」

ウチは海に浮かんでいる巡視船を見た。あそこには急患が待っている。一秒でも早くヘリに乗せ、病院へと搬送しなければ命は助からない。

でもじゃない。迷ってるヒマなんてないんや。

決めた。

「やります」

「ユーハブ・コントロール」

座頭班長が言った。

「アイハブ・コントロール」

その瞬間、私は座頭班長から操縦を受け取った。

6

　正面に白い船が見えた。距離にしておよそ800m。巡視船「えちご」が青い海原に白い航跡を残しながら、一時の方向に進んでいる。これからあの船の後部甲板に着艦し、急患を機体に迎え入れる。きっとこれからのパイロット人生で、何度かは訪れる局面だろう。座頭班長がなぜ、操縦を譲る決断をしたのかは分からない。でも、分からないことは考えても無駄だ。今はただ、ミッションを成功させることだけに集中すればいい。

「こちら小松救難隊所属回転翼パイロット、大安曹長です。巡視船『えちご』、聞こえますか」

　巡視船に呼び掛けた。やや間があって、「こちら巡視船『えちご』船長、宮下《みやした》です」と丁寧な返答が来た。突然、若い女の声がしたので戸惑ったのかもしれない。相手に不安を抱かせるのはよくない。それは不要なミスにも繋がりかねない。そんな場合は落ち着いて、相手に内容がしっかりと伝わるよう心掛ける。

「お前は焦ると早口になる」

　長須3佐との訓練で何度も指摘されたことを思い出しながら、「急患搬送の連絡を受けました。着艦を許可願います」ゆっくりした口調で伝えた。

「了解、着艦を許可します。当船は5ノットで航行中。波の高さは1・5m。甲板は揺れが大きいですので注意してください」

宮下船長が本来なら「了解」で済ますところを、分かりやすく状況を説明してくれた。

「ありがとうございます」と無意識に口から溢れた。

着艦許可は下りた。あらためて巡視船と周囲の状況を見つめる。風は北東から吹いている。波の形で風の向きが分かる。巡視船はその風に船首を向けて航行している。これには二つの理由がある。船は横腹に波を受けると揺れが大きくなってしまう。だから風に向かって船を立てるのがセオリーだ。もう一つ、停まらずに低速で航行を続けているのは、停まっているよりも揺れを抑えられるからだ。巡視船「えちご」はこの状況の中で最も正しい選択をして、こちらの着艦を待ってくれている。とはいえ、揺れはゼロではない。風は常に吹いており、波もある。何より着艦目標の甲板は不規則に揺れている。これまでの訓練の中で、地面が揺れている状況で着陸するなど一度も経験したことはない。実際、車輪の下が不安定なんてちょっと正直想像がつかない。そんな中、あの狭いヘリ甲板にUH－60Jの巨体を収めなければならないのだ。

巡視船の後方へと廻り込んだ。甲板では巡視船の乗員達が周囲に張り巡らされた白い柵を外側に倒すのが見える。少しは広く感じるのかと思ったが、無駄だった。前方の甲板はずっと先にあるダーツの的《まと》のように、とんでもなく小さく感じる。

ほんまにできるかな……。

じわっと汗が滲《にじ》んでくる。一瞬、隣の座頭班長を見たい衝動に駆られた。でも、その気持ちをギリギリで抑えた。やるべきは自分だ。自分は機長から操縦を任された。今はクルーを預かるUH－60Jのパイロットなのだ。

「機体、もう少し右に寄せて」

ふいに羽瀬さんの声が無線から聞こえてきた。

右寄せ……。

スティックをほんの少し右に動かす。すると今度は「ちょい行き過ぎた。左に戻して」と和葉空曹長。後ろを振り向くことはできないが、羽瀬さんと和葉空曹長が左右の覗き窓から周囲を確認してくれていることが伝わってくる。

「そろそろ高度落とした方がいいっスよ」

今度は能天気な伴藤くんの声がした。

みんな……。

今、巡視船を見つめているのは自分だけじゃない。正面も後も左右も、クルー達みんなが見つめてくれているのだ。カッと心の中に熱いものが込み上げてくる。

「菜緒」

ふいに座頭班長が呼んだ。

「Ｔ－７を飛ばした時のことを思い出せ」

Ｔ－７を……。

「着陸する時、何を考えていた？」

着陸の時――。

防府《ほうふ》北基地でチャーリーと共に訓練に励んでいた、懐かしい日々。どこまでも広がる青い空を無我夢中で飛んでいた。最初は線のように見えていた滑走路が段々と目の前に大きく迫ってくる。機首を上げると、どんなに背伸びをしてもコクピットからは空が八割、地面が二割しか見えなくなる。その時、頭の中では車輪と滑走路までの距離をイメージしていた。風を受けて揺れる機体に無理やり言うことを聞かそうとせず、揺れと自分を合わせるようにした。そんな時はきまってスムーズにランディングができた。

そうか、同化だ。

再び甲板を正面に見据え、ゆっくりと近づきながら巡視船の揺れを確かめる。右、左、右、左、ゆったりとリズミカルに、波を受けながら船尾が揺れる。次第に自分と巡視船の揺れの波長が重なっていく。

「はい、その位置でゆっくり降下」

「いいぞ、そのまま」

「甲板まであと1m」

クルーの声を聞きながら、手足が勝手に動く。頭の中には車輪とヘリ甲板のイメージがくっきりと浮かび上がった。

あと、50cm、30cm、あと……。

ドスンと機体をバウンドさせて、UH－60Jは巡視船「えちご」に降り立った。

羽瀬さんが「ドア、オープン」と声を張り、キャビンのドアが開いた。数人の海上保安官がストレッチャーをこちらに向けて押してくるのがキャノピー越しに見える。

「サバイバー、メディック、共に収容完了。ドア、クローズ」

その間、ものの三分と経ってない。再びローターの回転数を上げ、ゆっくりと機体を上昇させていく。甲板にいる人、格納庫からこちらを見ている人、ブリッジの脇にあるバルコニーには船長らしき人がこちらを見つめ、それぞれが手を振っている。両手が塞がって敬礼できないため、心の中で「ありがとう」と伝え、そのまま一気に空へ上がった。

「コマツオペラ」

指揮所に呼び掛ける。

「こちらコマツオペラ、どうぞ」

「シェード47、コンプリートミッション。ＲＴＢ」

「了解」

眼下を走る巡視船「えちご」から離れ、進路を小松基地へと向けた。雲が溢れて綺麗《きれい》な夕空というわけにはいかなかったが、雲の隙間から光の筋が伸びてきて、柔らかく海を照らしていた。とても美しい眺めだった。

「エンジン、カット」

ローターの回転が緩やかになり、やがて完全に停止した。

十七時三分、小松基地に着陸。天気は最後までなんとか持ってくれた。ふいにヘルメットをポンと小突かれた。座頭班長がこっちを見ている。その目はとても優しく、穏やかだった。

「他になんかないんですか……」

あえてつっけんどんな返しをしなければ、この数ヵ月、溜まりに溜まった感情が一気に溢れ出しそうな気がした。

「班長……」

「なんだ」

「なんでウチに操縦を任せてくれたんですか」

座頭班長はヘルメットを脱いで、汗と重みでぺしゃんこになった短い髪を乱暴に掻き上げた。そして、「操縦の方はまだまだだな」と言った。

「じゃあなんで――」

「菜緒」

まるで子供にでも言い聞かせるような口調で班長はウチの言葉を遮ると、「今日の訓練の中でお前の一番良かったところはな、俺を頼らなかったことだ」と続けた。

確かにそうだ。一瞬、頼ろうとしたがその気持ちを我慢した。

「でも、クルーに助けられました……」

「頼りにするのと頼るのとは違う」

班長は即答した。

「俺がお前から離れようと考えたのはな、お前が俺を頼り過ぎていると感じたからだ。パイロットは常に即断即決を求められる。自分で考え、決めなければならん。いつかは必ずお前にも、そんな局面がくる」

「だから、長須3佐に……」

「長須は俺が育てた男だ。俺の意図は十分に理解しているからな。お前、長須と飛んでいてあいつを頼ったか？」

頼らなかった……と思う。いや、決して頼らせてくれようとはしなかった。だから、自分で一から勉強をやり直したのだ。

「技術はあとからいくらでもついてくる。しかし、一度頼り癖がついたらなかなか治らん。そうなれば隊にとっても自分にとっても不幸だ」

頼るのではなく、頼られるパイロットになれ。

座頭班長の言葉は胸の奥の深いところに響いた。

「座頭さんがあんたの訓練を外れたのは、絶対なんか理由がある。あの人は並みの男とは違うからね」

大田のおばちゃんの言葉が脳裏に甦る。

おばちゃん、ほんまにおばちゃんの言う通りやったわ。班長は確かに並みの男とは違う。

でもな、一つだけウチは納得できへんことがある。

「そうならそうと……」

「何だって？」

「そうならそうと、なんでウチに一言言ってからにしてくれんかったんですか」

正面から班長を睨んだ。

「それはだな……」

班長が右手で頭を掻いた。困った時のクセだ。コクピットに誰もいないと思ったのか、若い整備員がステップに足を掛け、いきなりドアを開けた。しかし、機内の雰囲気を察して、「すみません！」と謝りつつドアを閉めようとする。

「ちょっと待て」

慌てて班長が若い整備員を呼び止め、「今から出る」と告げた。

「まだ話は終わってません！」

班長が再び頭を掻いた。若い整備員は「また後で来ます！」と叫ぶや、ドアを閉めて転がるように駆け去った。

「参ったな……」

溜息交じりに呟く班長から目を逸《そ》らさず、続きを待った。

「その、なんだ……」

私は辛抱強く次の言葉を待った。辛抱なんて滅多にしない自分が、だ。

「家族に手を上げちまった……。自分でもどうしていいもんか、分からなくなった……」

「矛盾やわ……」

「矛盾？」

「ウチには人に頼るな、自分で決めろとか言うくせに、自分の方は分からなくなったからどっか行くとか……。いきなり理由も分からんと親からぽーんって放り出されたら、子供がどんな気持ちになるか考えたことありますか……。ウチはそんなに頭もようないし、物分かりもようないの知ってるでしょう……。そんなん……ちゃんと言ってくれな……」

「ほら……」

班長が手渡したのはキャノピーを拭く雑巾だった。その時まで自分が涙を流していることなんてまったく気づかなかった。

「まだ新品だ」

アホか。新品か使い古しかなんて関係ない。それ、雑巾や。

私は強引に袖で涙を拭った。

「悪かったな……」

「そうですよ。たっぷり反省してください」

「そうだな」

班長がふっと笑みを漏らした。私もつられて吹き出した。コクピットの中に二人の笑い声が溢れた。久し振りに班長と思いっ切り笑った。

もう最悪や……。でも――最高や。

その夜、訓練の成功を祝して、急遽、海保と一緒にお疲れ会が開かれることになった。

金沢海上保安部が主催となって取り持つことになった宴席には、小松救難隊から佐原隊長と隊先任の荻原《おぎわら》准尉、それに固定翼と回転翼のクルーが参加することになった。場所は金沢駅からタクシーで五分ほどのところにあるひがし茶屋街の「香欄」という料亭だ。こちらの都合をまったく無視するような午後七時スタートの連絡で、デブリもそこそこに官舎に戻ってシャワーを浴び、私服に着替えて小松駅に向かった。気象班の予測通り、小雨が降り出して気温も急速に下がっている。吐く息が真っ白だ。もうすぐ今年も終わるんだなとあらためて思う。

あと二週間とちょっとで大阪やな。

なぜか、家族ではなく友達でもなく、タコ焼きが頭に浮かんだ。それも、ソースと鰹節《かつおぶし》と青のりがたっぷりかかった熱々の状態で。どこまで食いしん坊なんやと自分でも可笑《おか》しくなった。

小松駅のホームに駆け込むと、すでに座頭班長達が集まっていた。

「お待たせしました」

声を掛けながら近寄ると、みんなが一斉に、別な生き物でも見るかのような目を向けてきた。ちょっと不安になって「なんです……？」と尋ねた。

「いや……久し振りにそんなダイアンを見たなぁって思ってさ」

羽瀬さんが微笑みながら言った。

正直、何を着ていくかちょっと迷ったのだ。でも、内輪の飲み会ではなく、海保との宴席だ。あまりに失礼になってもいけないと思い、ゆったりとした白いセーターに普段は滅多に穿かないスカート、靴はローヒールにして、上から黒いダウンジャケットを羽織った。それに、薄くではあるが化粧もした。

「だっていつもの格好で出る訳にはいかんでしょう」

なんだか一人だけ浮いてしまったような気がする。もっと簡単な格好で来れば良かったかなと後悔しつつ、チラッと座頭班長を見た。

「まぁ、そうかもな」

班長はそう言うや私からすぐに目を逸らし、「伴藤、電車はまだ来んのか、遅れてるんじゃないか」と怒鳴った。

「え？　いや……、そんなことは……」

いきなり矛先を向けられた伴藤くんがうろたえるのを見て、その場にいる全員が笑い出した。

タクシーから降り、傘の花を開かせながらひがし茶屋街の狭い路地に入った。これまでに何度か足を運んだことはあったが、「香欄」という料亭は初めて知った。それもそのはず、店構えはとても立派で、二十代がほいほい入れるような店でないことはすぐに分かった。和服姿の仲居さんに案内されて、班長を筆頭に座敷に向かう。ギシギシと板張りの廊下を軋《きし》ませながら、救難隊のメンバーが金魚の糞《ふん》のように後に続く。

「こちらです」

仲居さんが立ち止まった。中からは話し声や笑い声が聞こえる。

「失礼します」

仲居さんが襖《ふすま》を開けた。

「遅くなりました」

座頭班長が居並ぶ面々に頭を下げると、一斉に拍手が起こった。奥にはスーツ姿の見知らぬ人達が並んでいる。きっと金沢海保の面々だろう。その手前には佐原隊長と先任の荻原准尉がおり、「待ってたよ」と薄《うっす》ら赤い顔を向けた。きっと先に入って、ビールでも飲みながら打ち合わせなどしていたのかもしれない。それより目を引いたのは海保側の下座に座っている男達だ。皆、普段着でしかも薄着。服の上からでも分かるくらい筋肉が隆起している。まさかトッキューまで宴席に参加しているとは思わなかったから、ちょっと驚いた。

用意された下座に移動していると、一人の男と目が合った。第3隊隊長の二条だ。短い髪にこの時期でもしっかりと日焼けした肌、あの時は暗がりでよく分からなかったが、目鼻立ちがすっきりとしていて、パッと見俳優のようだ。でも、思ったのはそれだけだ。

あんたがあの時言うたこと、ウチは絶対忘れへん。

さっと視線を外すと、二条から背中を向けた格好で末席へと座った。

会は金沢海保の保安部長と佐原隊長の挨拶から始まった。訓練の成功と今後の連携強化を約束し、お互いにがっちりと握手をする形で締められた。その後、空のグラスにビールが注がれ、乾杯の音頭が鳴り響いた。ここに来て猛烈に喉が渇いていることに気づき、グラスに注いだビールを一息で飲み干した。今日の訓練に備えて昨日から水分を控えていたのだ。正面に座っている伴藤くんが「そんな格好してても中身は相変わらずっスね」と軽口を飛ばす。私は空になったコップを差し出し、早く注げと顎をしゃくった。伴藤くんは苦笑しつつ、新たにビールを注いでくれた。

仲居さん達が次々に運んでくる料理はどれも素晴らしかった。こっちに来て大好物となったのどぐろの姿焼、そして、脂がたっぷりと乗ったブリのお刺身だ。ぷりぷりした触感がなんともたまらない甘海老も捨てがたい。それに、金沢の代表的な郷土料理の一つである治部煮《じぶに》も、今では大好きな食べ物となった。

なんやこの店、ウチの好きなもんばっかりやん。

幸せを感じながら、会話もほとんどせずに料理に箸を伸ばし、一つ一つを味わって食べる。金沢の食がこんなにも自分に合うなんて思ってもみなかった。

「ダイアン、そろそろ日本酒にするか？」

羽瀬さんに聞かれ、さっと周囲を見回した。

佐原隊長や座頭班長はすでに日本酒に切り替えている。すでにあちこちで空自と海保の面々が入り乱れ、話に花を咲かせる様子が見てとれた。これならもう下っ端が飲んでも問題はないだろう。そろそろビールにも飽きてきたし、日本酒を飲みながら魚を味わいたくなってきたところだった。

「そうしましょうか」

そのまま立ち上がって座頭班長の側に歩み寄り、お酌をしてから天狗舞をいただいてこようと考えた。

「班長」

声をかけると、班長は半ば赤い顔をこっちに向けた。

「なんだ？」

「見りゃ分かるでしょう」

そう言って手に持った天狗舞をかざした。

「ダンク、嬉しいじゃないか。可愛い娘がお酌してやるって言ってるんだぞ」

「こんな出来の悪い奴、娘なんかじゃありませんよ」

佐原隊長の言葉に応じると、座頭班長は「ん」と言ってお猪口を差し出してきた。

「どうせウチは出来が悪いですよ」

私はムッとした顔でお酌をした。班長は注いだお酒を一息で飲み干すと、今度は私に空のお猪口を差し出した。

「早く受け取れ」

班長が急かす。私がお猪口を受け取ると、班長はお猪口に酒を注いだ。私も同じように一息でお酒を飲み干すと、周りから囃《はや》し立てる言葉と一緒に拍手が起こった。なんとも照れ臭かったが、酔いに任せて「これからもご指導、よろしくお願いします」と言った。

「しょうがねぇよな」

班長が一度言葉を区切った。次に何を言うのか、私には分かる。

「救難隊は家族だ」

二人でハモった。そして、互いにニヤリと笑った。出来の悪い親父と出来の悪い娘。これからもそんな関係は続いていく。

ウチが巣立つまでは……。

どうかそれまでちゃんと見守っていてください。


どれくらい飲んだのだろう……。

空自と海保、入り乱れての一大飲み会と化してしまった。世の中には裏レスキューの会というものがあって、海保や警察、消防など、救難に従事する者達の繋がりがあり、時々集まっては食事会が開かれる。そして最後は決まって酒盛り、いや、飲み比べだ。酒瓶がごろごろと畳の上に転がっている。今夜、何度目か分からないくらいに空けたコップをテーブルに置いて立ち上がった時、伴藤くんが「どこに行くんスか」と聞いてきた。

「アホ！　乙女が静かに席立ったら声掛けんな」

言い残して廊下に出た。

トイレを済ませ、そのまま座敷には戻らずに、少し風に当たろうと思って中庭の方へ向かった。ガラス窓を開けて縁側に腰を下ろす。雨はまだ降っていたが、庇《ひさし》がかなり長いので濡れることはなかった。冷たい空気が火照った身体を鎮めてくれる。なんとも心地よかった。なんだか眠くもなってきた。そんな時、ギイギイと物音がした。しばらくしてそれが足音であることに気づいた時、もう、すぐ側まで近づいていた。音のする方に顔を向けると、二条が立っていた。やけに神妙な顔をして私を見つめている。

「少し……、話をしてもいいかな」

折角の心地よさが台無しだ。

「あんたとする話なんかあらへん」

キッパリそう言って腰を浮かそうとした時、「待ってくれ」と二条が言った。

「今日の着艦、見事だった」

　そうか、あの時、トッキューもあの巡視船に乗ってたんや……。

「俺だけじゃない。船長達も褒めていた。腕もそうだし、言葉遣いがハキハキして、とても気持ちのいいパイロットだったと」

「師匠の教えがええからや」

　それだけ言うと立ち上がった。そのまま二条が歩いて来た方に向かおうとした時、

「先日のこと、撤回したい」と二条が呟いた。

「先日のこと？」

　分かってはいたが、あえてそう続けた。

「ヘリの性能の差じゃなかった。救難隊の鍛えられた操縦技術とチームワーク、それがなければあの時、俺達は助からなかったかもしれない。……本当に済まなかった」

　二条は深々と頭を下げた。特殊救難隊の隊長を務めている男が、今、私の目の前で頭を下げている。間違ったことをそのままにしないで、プライドなどかなぐり捨てて、悪かったと謝っている。

「ありがとう」

　思わず口から出ていた。二条がびっくりしたように顔を上げて私を見つめた。

「もうええよ。ただ、そのこと分かってくれて……嬉しいわ」

　ようやく二条が微笑んだ。私も笑い返した。霧が晴れ、わだかまりがすーっと覚めて

いく気がした。

「じゃあ」

「また」

二条が踵《きびす》を返して戻っていく。だが、ふと足を止めて振り向いた。

「――何？」

「髪、切ったんだな」

「……え？」

ドキッとした。たった一度、しかも暗がりで会っただけなのに……。

「よく似合ってる」

それだけ言うと、二条は座敷の方へと歩き去った。

私はその場に釘付《くぎづ》けにされたように動けなかった。ドク、ドクと心臓の鼓動が聞こえる。その音を掻き消すように、雨の滴が庭石に当たって弾ける音が響いていた。

追《つい》の章

1

来たことをすぐに後悔した。

場所は新宿駅西口の側《そば》にある雑居ビル、八階にある和食の店だ。四畳半ほどの薄暗い個室には男が二人座っていた。一人は上橋貴仁《うえはしたかひと》。俺の同期だ。もう一人は知らない。三十代半ばだろうか、くたびれたジャケットを羽織り、頬には薄《うっす》らと不精髭《ぶしょうひげ》を生やし、煙草《タバコ》をくゆらしている。

「初めまして」

知らない男が名刺を出した。集治英雄《しゅうじひでお》という名前、フリーライターとあった。俺は名刺に顔を向けたまま、目だけで上橋を見た。上橋は口元に笑みを浮かべながら、俺を眺めていた。

三月末、春の訪れを感じさせる浜松《はままつ》から、まだ冬の寒さの残る小松《こまつ》へ向かった。新しい着隊先は小松基地、役職は第３０６飛行隊の飛行隊長だ。教官からＴＡＣ《タック》部隊への異動は珍しいことではない。俺自身、これまでのキャリアで飛行隊長という職は初めてであり、どこか新鮮な気がした。ただ、呼び名が「教官」から「隊長」へと、がらりと変わったことに慣れるまでに時間が掛かりそうだった。

それにしてもだ。隊長職とはこんなにも雑務の多いものとは思ってもみなかった。部隊の編成、育ちざかりの連中の教育、訓練カリキュラムから地元の飲み会まで、やるべきことは多岐に渡っている。連日、目を回すほどの忙しさだったが、それでもどこかに余裕があった。俺は部隊育ちだ。ここではアグレッサーのようにひたすら戦技を磨き上げることもなければ、ブルーインパルスのように戦技から離れて展示飛行に没頭することもない。その代わり、ベテランと新人が混在してタッグを組み、二十四時間三百六十五日、対領空侵犯措置任務に就きながら、日頃の訓練で腕を磨く。アラートに就けばスクランブルの号令で直ちに空へ向かい、アンノウン（正体不明機）と対峙《たいじ》する。戦場に一番近い……というと語弊があるかもしれない。だが、部隊を包む独特の空気感は間違いなく俺の肌に合っている。

そして、あっという間に五ヵ月が過ぎた。その間、ずっと頭の隅に引っ掛かっていたことがある。空自には『新任飛行隊長教育』なるものがある。飛行隊長に就任する前か、就任して半年以内に、必ず都内の市ヶ谷にある航空幕僚監部へ赴き、二泊三日の日程で隊長の心得などの教育を受けなければならないのだ。本来ならば隊長に就任する前が望ましいのだろうが、これぱかりは自分の都合だけではどうにもならない。

ようやく調整をつけて、いよいよ明日は上京という時、携帯に見知らぬ番号から着信があるのに気づいた。それは一度だけではなく、少なくとも八回繰り返されていた。その番号の心当たりを思い出そうとしたが分からない。用があれば再び掛かってくるだろう。そんな思いから、こちらから掛け直しはしなかった。

その夜、官舎に戻って荷造りをしていると、再び同じ番号から電話が掛かってきた。一瞬、出ることを躊躇《ためら》ったが、携帯を摑《つか》むと緑色の通話ボタンを押した。

「もしもし」

「やっと出たか」

相手の声には聞き覚えがあった。「大松《おおまつ》、久し振りだな」と相手が低い声で答えた。

電話の相手が上橋だと分かっても、喜びは一切なかった。むしろ、嫌な気持ちになった。

「なんの用なんだ」

「しばらくぶりなのに、つれない言い方だな」

つれない、ときたか……。

俺と上橋との付き合いは古い。航学出身の俺と一般大出の上橋は、かつてチャーリーの一員として、お互いに戦闘機乗りを目指して訓練を繰り返した。部隊では別々に分かれたが、再び芦屋《あしや》基地で教官として顔を合わせることになった。もう、十七年前のことになる。

「要件は？」

俺は一刻も早く会話を終わらせたかった。

「明日、空幕に来るんだってな」

「なんでそれを……」

「俺は今、市ヶ谷勤務なんだよ」

「……あぁ、そうだったな」

思い出した。上橋は百里《ひやくり》にいる時、交通事故を起こしたのだ。それ以後、右手の握力が戻らないという理由でF－15を降りたのだった。その後、情報幹部となり、情報のエキスパートとして、順調に出世街道を昇っているということは風の噂《うわさ》で知っていた。

「飲みにでもいかないか」

いきなりの誘いに、言葉が詰まった。

「教育の最中、夜は隊長経験者に囲まれてのありがたいお話だろうからな。全部終わって、帰る前の夜なんてどうだ」

「どういう風の吹きまわしなんだ……」

上橋から飲みに誘われたことなど一度もない。もちろん俺からもだ。

「イヤならいい。ただな、お前がこっちに来ると知って、ふと懐かしくなっただけだ」

「お互い、懐かしい想い出なんかないだろう」

「まぁそうだな」

上橋は笑った。

その後、二言三言、言葉を交わして電話を切った。結局、俺は誘いを受けた。心のどこかで、今ならばあの頃とは少しは違った感じで話ができるかもしれない、そう思ったからだ。


——だが、そんな淡い期待はすぐに裏切られた。

「おいおい、そんな怖い顔すんなよ」

上橋がへらりと笑う。

髪に幾分白いものが交じってはいるが、体型は昔のままだ。彫りの深い顔立ちも、不自然なくらい日焼けした肌の色も。そして、目の奥の光は抜け目なさそうにギラギラと光っている。

「俺は他に人がいるなんて聞いてない」

「俺も一人だとは言ってない」

あっさりと上橋が返した。

ほんの少しでも期待をしたのが間違いだった。上橋は最初から俺に何かをさせる気で連絡を寄こしたのだ。それにまんまとハマってしまった。電話を切った後、上橋がどんな顔をしていたのかはっきりと目に浮かぶ。あまりに迂闊《うかつ》だった自分に腹が立った。

「事と次第によってはすぐに帰るからな」

そんな風に予防線を張るのが精一杯だった。

「そう、警戒すんなって」

上橋は煙草に火を点《つ》けると、「お前が空幕に来ると聞いて、久し振りに会いたくなったのは本心だ。ただ、集治さんにお前の話をしたら――」

と、上橋は隣の集治を見た。

「興味が湧いたみたいでな、どうしても会わせてくれと頼まれた」

「興味……？」

集治はそんなやり取りを興味深そうに眺めているだけで、口を挟もうとはしなかった。どう見たって俺達とひと回りは違う。しかし上橋は集治に対して「さん」付けをした。よほど大事に接しているということだろう。

「彼はあんたの身分を知ってるのか？」

「もちろん」

上橋はあっさりと肯定した。

広報室の人間ならともかく、情報本部に所属する者がマスコミと接するのは好ましくはない。何しろ扱う情報はすべて秘匿のものばかりだ。対領空侵犯、NKミサイル、領海侵入、そのルートや細部の分析などを徹底的に行い、上に報告する。そんなものが漏れでもしたら、大変な問題となる。

「俺の上げる情報は評判がいいんだぜ。なんせ元15乗りの視点からものを見られるからな、机に貼り付いて分析専門でやってきた連中とは、情報の質が違うんだそうだ」

まるで組織をバカにしたような口振りだ。なぜ、こういう男を組織が重宝するのか、俺には分からない。

廊下を歩いてくる足音が聞こえ、上橋が黙った。

「失礼します」

若い女の店員が障子を開け、ジョッキを差し出した。上橋と集治の前には既に生ビールのジョッキがある。ということはこれは俺の分なのだろう。だが、「ありがとう」と言って店員からジョッキを受け取ったのは上橋だった。

「おぉ、凄《すご》く冷えてる。手が凍りそうだよ」

実に大袈裟《おおげさ》な物言いだと思ったが、店員は嬉《うれ》しそうに微笑《ほほえ》んだ。こんなところも昔のままだ。上橋は初対面の人間に取り入るのが実に上手《うま》い。そんなところも俺とは対照的だ。

「ご注文はお決まりですか？」

「とりあえず刺し盛りを三人前。中身は適当に取り合わせて。他は十五分以内に注文するよ。君に」

上橋が滑らかに言うと、店員は「あ、はい」とはにかんで答え、障子を閉めた。

「ま、乾杯といこうや」

店員から受け取ったジョッキを俺の前に置くと、上橋が自分のジョッキを摑んで掲げた。だが、俺は無視して、半分ほどを一気に飲み干した。目の端には面白そうに笑う集治の顔が見えた。上橋同様、まったく好きにはなれそうにない顔だと思った。

刺し盛りが出てきてしばらく経ったところで、集治が「そろそろお話を伺わせてもらってもよろしいでしょうか」と切り出した。

「俺は答えるとは言っていない。それにあんたのことも何も知らん。名刺にもフリーライターと書いてあるだけだ。なんの雑誌に書いて、どういう経歴なのかを説明してもらおう」

集治は薄く笑った。

「まるで尋問のようですね」

「すみませんねぇ、昔からこんな奴《やつ》なんですよ」

横から上橋が謝った。

「いえ」

集治は小さく返事をすると、「私はこんな態《なり》ですしね、それに出版社に所属してるわけでもありませんから、初対面の方にはだいたい胡散臭《うさんくさ》がられます」そう言って薄笑いを浮かべる。そして、あらためて俺の方を見ると、「申し遅れました。集治と申します」薄くなりかけた頭をちょこんと下げた。

「私のことを簡単に申し上げますと、記事を売り歩いているというような身分です。興味のある事柄や人を取材して、それを記事にまとめ、雑誌に渡す。気に入られれば掲載、そうでなければスルー。これまでに掲載された記事は五十本ほどはあります。格調高い雑誌から下衆《げす》な大衆誌まで様々です」

「なぜ俺に興味を？」

「今、取り組んでいる特集記事が『若者と夢』というテーマでしてね。現代の若者は夢を持たなくなった、もしくは持ち難い時代になったと言われます。なぜそうなってしまったのか、そのことを様々な角度から取材して回っている最中なんです。実は上橋さんと知り合ってから空白のお話を伺っていると、パイロットになりたいという夢に溢《あふ》れた若者が沢山いることを知りました。そのことが非常に衝撃でした。そこで、いつか取材をお願いしたいという話をしていたところ、うってつけの人が来るからと言われまして」

集治は隣にいる上橋を見た。

「ま、そういうことだ」

上橋は上機嫌でビールを飲んでいる。

「上橋とはどこで？」

「たまに行く飲み屋です、新橋の」

「緑屋っていうガード下の店だ」

上橋が続ける。

「ババァが一人でやってる店なんだが、酒のあての惣菜《そうざい》が絶品なんだよ。俺も集治さんもヤモメ同士、小鉢を突《つつ》いてたら、いつの間にか仲良くなったというわけさ」

ヤモメ？

「別れたのか？」

上橋の女房と子供を一度、見かけたことがあった。最初の教官時代、芦屋の航空祭に来ていたはずだ。

「とっくの昔にな」

上橋が醬油《しょうゆ》にワサビを加えながら答えた。俺は理由を聞かなかった。別に知りたくもなかったし、聞いたところで面白くなるような話ではないだろう。

「お前の方は？」

上橋が尋ねた。

「変わらん」

「そうか、そりゃ結構だ。娘さんの名前、なんて言ったかな、――確か鈴」

「おい」

俺は上橋を睨《にら》んだ。集治の前で自分の情報をあれこれと漏らされたくはない。特に家族のことは。

「私のことなら気になさらないでください」

そのことを察知して集治が口を挟む。

「そっちが気にしなくてもこっちがイヤなんだ」

俺ははっきりと言った。そんな俺の顔を見て集治がニヤリと笑った。

「おかしいか？」

俺は眉をひそめて集治を見た。

「すみません。おかしいというか……上橋さんから聞かされた通りの人だなと思いまして」

上橋が俺のことをどう評しているのか、聞かなくても大体想像はつく。

「ほんとに融通の利かない奴でしょう。ふははは」

上橋が声を上げて笑った。男にしては妙に甲高《かんだか》い声が個室に響いた。

訓練生だった頃、教官をしていた時、この耳障りな笑い声を何度も聞かされた。そのたびに不快な気持ちにさせられたことを思い出す。俺は無視するようにビールに口を付けた。

「なぁ大松、これも何かの縁だ。集治さんの質問に答えてやってくれよ」

「だったらあんたが答えればいいだろう」

「それがダメなんだ」

上橋は芝居がかった溜息《ためいき》をつく。

「ダメ？」

「集治さんはな、教官について話が聞きたいそうなんだよ」

「あんただって教官だったじゃないか」

俺は集治の方に素早く視線を走らせた。集治は微動だにせず、テーブルの一点を見つめたままだ。反応がないということは、上橋がかつて教官をしていたことも知っているのだろう。

「俺がやってたのは十五年以上前だぞ。記憶が曖昧なんだ。そんな不確かな情報を集治さんに与えるわけにはいかんだろう。間違いを元に書かれた記事で集治さんが批判されるようなことになっても困るし、空白《うち》としても決してプラスにならない。しかし、お前はつい半年前まで教官だったからな。記憶の鮮度が違う」

上橋はさも俺が教官の話を語ることがまっとうな行為のように言い募る。

「昔も今も、やることは大して変わらん」

「そりゃ、二度も教官をやったことがあるお前だからこそ言えるセリフだな」

上橋がここぞとばかりに畳みかけてきた。

別に教官の話をするのがイヤなわけじゃない。広報を通じ、きちんとした手続きで持ち掛けられた話であれば、それなりの対応はする。しかし、この場は違う。どうにも仕組まれたような気がしてならない。

「それにな」

上橋が続ける。

「俺も興味があるのさ。お前が教官時代、何を考えていたのか。あの頃、俺達は話をしているようでしていなかった。同じものを見ているようで見てはいなかった。そうは思わないか？」

そのことについて否定する気はない。

「あぁ」

その時だ。上橋が右手で左の顎を撫《な》でた。集治にはなんのことかは分からないだろう。だが、俺にはそれが何を意味しているのかはっきりと伝わった。上橋が撫でているそこは、芦屋での教官時代、激しい言い争いの末に俺が殴ったところだ。

「戦闘機乗りを育てる上でお前が何を考えていたのか、俺にもじっくりと聞かせてくれよ」

上橋の目に、もはや笑いはなかった。

「それは本心で言ってるのか……」

「もちろん」

上橋の思惑が何なのかは分からない。ただ、たとえオフレコであろうと、マスコミの前で虚偽の話をするのはためらわれる。上橋はそういう罠《わな》を仕掛けて俺を呼び出し、あの日の出来事の決着を図ろうとしているのかもしれなかった。

「……いいだろう」

俺の返事に、集治の目がパッと輝いた。

「ありがとうございます。決して大松さんのお名前を出すことはしません。そのことは堅くお約束します」

俺は黙って頷《うなず》いた。

集治が使い込んだ手さげ鞄《かばん》を開け、中からノートとペン、小型の録音機をテーブルの上に載せた。

「では、早速始めさせていただきます」

録音機のＲＥＣボタンを押すと、「まず、航空自衛隊の教官というお仕事の内容について教えてください」と言った。

2

俺が最初に教官になったのは、今から十七年前の一九九九年四月一日。二十九歳の時だった。二番目の赴任地だった築城《ついき》基地第304航空隊から同じ福岡県内の芦屋基地へ。随分と楽な引っ越しだと思ったものだ。TAC部隊では六年を過ごした。自分で言うのもなんだが、ほどよく経験を積んだ脂の乗った戦闘機乗りだったと思う。

芦屋基地に着くと懐かしさが込み上げてきたのをよく覚えている。学生だった頃は連日の厳しい訓練に疲れ果て、一日でも早くここから出ていくことばかりを考えていた。それなのに、いざ帰って来てみると景色が優しく見える。そのことに若干の戸惑いを覚えたものだ。相反する気持ちは、もしかすると故郷の感じに似ているのかもしれない。

隊長と飛行班長を除き、教官は俺を含めて全部で八名だった。そのうち新任は四名、すべてTAC部隊から呼び集められた若手だ。二人は知らない顔だったが、もう一人の顔を見た途端、先が思いやられた。

「なんだ大松、またお前と一緒か」

「それはこっちのセリフだ」

なんの因果か、再びここで上橋と顔を合わせることになるとはな……。
風船が萎《しぼ》むように懐かしい気持ちは萎えていった。

航空自衛隊に入り、戦闘機乗りになるためには、飛行教育を受けて合格しなければならない。これに特例などはない。防府《ほうふ》北基地で飛行準備課程を12～31週、それが終わればいよいよ実機を使っての訓練が始まる。初級操縦課程はプロペラ機のT－7に乗って60時間、約22週に渡って行われる。ここをパスすれば次は芦屋基地に異動して、T－4を使っての基本操縦を学ぶことになる。前期課程65時間、約24週。レシプロであるT－7と、マッハこそ超えないがジェットのT－4では操縦におけるすべてが違ってくる。スピード、推進力、G。ぼんやりとしていたらあっという間に機体は前に進み、やろうとしていたことが間に合わなくなってしまう。一瞬一瞬の状況判断。学生は必ずこの壁に突き当たる。俺もそうだった。ようやくジェットの基本操縦に馴《な》れてきたら、今度は浜松基地へ異動して後期課程に入る。95時間、約30週を使って、有視界飛行、計器飛行の基本操縦を完成させる。それができた者だけが航空従事者技能証明及び計器飛行証明を取得できる。即ちウイングマークだ。ここからF－2に進むのかF－15に進むのかの選択をし、F－2ならば松島基地へ、F－15ならば新田原《にゅうたばる》基地への異動となる。俺は迷わずF－15を希望した。そして、戦闘操縦課程１００時間、約35週の訓練を経た後、晴れてTAC部隊に着隊した。

「教官という仕事を簡単に例えると教師のようなものだと思う。学生に飛行技術を教える。それだけだ」

録音もしているのだが、集治は慣れた手つきでさらさらとノートにペンを走らせていく。教官という文字と教師という文字が丸で囲まれ、互いを線で繋《つな》いであるのが見えた。

「教官をベテランと若手で構成するのには、どんな理由があるのでしょうか？」

「バランスだろうな。俺もそうだったが、学生の時に雲の上の存在のような教官にものを相談するのは気が引けた。やはり、年の近い方が話しかけやすいというのはある」

「そのかわり、凶暴だけどな」

刺身をつまみながら上橋が口を挟む。

「凶暴？」

集治がペンを止めて上橋を見た。

「いやね、若い方はついこの前まで部隊でバリバリに飛んでた連中なわけですよ。だから、とても指導が熱い。口だけじゃなく、時にはこう、手も足も飛んできたりするんですよ」

上橋が拳で殴るような身振りをした。俺はそんな上橋に視線を走らせた。その意味に気づいたのか、「もっとも今ではそんなことはしていませんよ。昔の話です」いかにも取り繕ったような真顔で言い訳をした。

集治が確認するかのように俺の方に向いた。

「確かに俺達が学生の頃はそんなこともごく普通にあった。だが、もうそんな時代じゃない」

俺が言うと「ほらね」と安心したように上橋が続けた。

別に俺は上橋を助けるつもりで言ったわけじゃない。事実、上橋は教官時代、学生に手をあげるようなことはしなかった。しかし、俺から言わせれば、手をあげる方がまだましだった。よほど真剣に学生と向き合わなければ、そんなことはできないからだ。

「分かりました。では――」

「もう一つ理由がある」

集治がノートをめくる手を止めた。

「教官達は一日に一度、全員でミーティングをやる。IPミーティングと言うんだが、ここで学生の技量や人柄などの評価をする。ミーティングを開くことによって、全員が情報を共有することになる。俺は二度教官をやったから分かるが、若い時はすぐに答えを求めようとするところがある。『アイツはダメだ』とか『使い物にならない』とか、どうしても性急にな。しかし、ベテランになるともう少し長い目で物事を見る余裕ができる。たとえ今がダメでも、成長速度が遅いだけで、将来ものになる可能性を秘めている、そう感じられることもある」

「なるほど。教官をベテランと若手で構成するのは、学生側にとってのメリットと同時に教官側にとってもメリットがあるということですね」

メリットか……。

果たしてそんな簡単な言葉で言い表していいものかどうか、悩むところではある。

「どうかされましたか」

俺の顔を覗《のぞ》き込むように集治が尋ねた。

「いや、別に……」

「大松、隠さないでちゃんと答えろよ。俺が責任を持つから」

「責任だと？」

思わずドスを利かせた低い声が出た。

あんたにそんな言葉を使う資格があるのか。喉元まで出掛かった言葉を辛うじて抑えた。同期とはいえ、一般大出の上橋の階級は俺より上だ。しかもマスコミがいて、録音もされている。俺はジョッキを摑むと、ぬるくなったビールを一気に飲んだ。それを見て集治が「何か飲まれますか」と聞いてきた。

「いや、まだいい」

酒は弱い方じゃないが、この席では頭をクリアにしておきたい。

「さっき、教官は学校の教師のようなもんだといったが、実は似て非なるもんだ」

俺の言葉に集治が眉をひそめる。

「教師は学生の学力を向上させることに全力を注ぐ。戦闘機の教官もそこは同じだが、違ってくるのはその先だ。この学生を本当にパイロットにしてもいいのか。その適性を見誤ると、いつか一人で、あるいは仲間を巻き込んで、最悪の場合には一般人を犠牲にして死ぬことになるかもしれない。今では機体自体の性能も以前とは雲泥の差があるから、事故は減った。とはいえ、戦闘機の事故は今でも少なからず起こる。俺は部隊にいた頃、日頃は誰よりも明るい先輩が、トイレですすり泣いているのを見たことがある。後から知ったことだが、海に落ちたF－15のパイロットの教官をしていたのが、その先輩だったんだ……」

集治は黙ったままノートの一点を見つめている。しばらくして「その涙は……後悔ですか」と聞いた。

「それもあると思う。でも、もっと複雑な、いろんな思いが入り混じっていたような気がする」

「もし、自分がその彼をパイロットにしていなかったら、とか……？」

俺は集治を下から睨《ね》めつけた。集治はびくっと身体を引いた。

「すみません、お気を悪くされたのなら謝ります」

だが、俺はしばらく集治の目を見つめ続けた。そして、さっき集治が語ったテーマを思い出した。『若者と夢』、夢を持たなくなった、もしくは持ち難くなった時代。もしかすると集治が俺から聞き出そうとしているのは、若者から夢を奪う存在、仇《かたき》としての俺の話なのではないか、ふとそんな気がした。

上橋はこのことを知っていたのだろうか？

機転の利く男だ。おそらく気づいていただろう。そして、自分ではなく、敢《あ》えて俺に語らせようと考えた。その理由はおそらく……恥をかかせてやろうというものだ。だから、何がなんでも俺に話をさせようとしている。

「あの……大松さん」

集治が名前を呼んだ。

どうするべきか。ここで席を立つこともできる。しかし、それでは上橋に適当に言いくるめられて、ある教官は質問を逃げたと書かれるのがオチだろう。そんなことをすれば組織にも迷惑がかかる。上橋が面白そうにこの成り行きを眺めている。やはり、こいつに関わるとロクなことがない。

「大――」

「一つ、俺の想い出話を聞いてくれないか」

俺は集治の呼び掛けを遮った。

「想い出話……ですか……？」

集治がちょっと意外そうな顔をした。

「なんだよ大松、そんなのはいいから、集治さんの質問に答えろよ」

「いえ、私は構いません。むしろ、興味があります」

集治に言われ、上橋は不服そうにちょっと唇の端を吊《つ》り上げたが、「その話、集治さんの取材してるテーマとちゃんと関係があるんだろうな」と続けた。

「それは分からん」

「分からん？」

「そっちに委ねるってことだ」

集治は小さく頷くと、「わかりました」と答えた。上橋が探るような視線を送る。俺は新しく頼んだ芋焼酎の水割りを一口飲むと、古い記憶を語り始めた。


俺はT－4の後部座席から無線越しに、前席に座っている学生に声を掛けた。

「このコースでいいのか」

基本操縦前期課程、今日の訓練は航法だ。学生が自ら立てたコースを、そのポイント通りに通過していく。地図を見る力、地形を見る力、方向感覚。これらはパイロットにとって基礎中の基礎となる。

「はい。……ええっと」

吉川俊之《よしかわとしゆき》3尉がポケットに入った地図を取り出そうとしているが、慌てているせいで上手くいかない。

「さっき、ポイントCを通過したな。ポイントDまでの目印はなんだ？」

「か、川です」

ポイントを設定するものはなるべく変化しないものがいい。家だとかビルだとかはいつの間にか色を塗り変えたり、建て替わってしまったりするからだ。

「その川はどこにある？」

「ええっと……」

今日は雲が多い。視界はそれほどよくはないが、それでも時折、雲の切れ間から地上は望める。落ち着いて周りを見ていれば、コースをロストするようなことはない。今、川は東の方に見える。操縦桿《そうじゅうかん》を右に倒し、川を自分の左下に見える位置まで持っていければコースには乗る。俺は我慢強く吉川が気づくのを待った。

「地図を見るな。周りをよく見ろ」

吉川が雷に打たれたように外を見た。雲が幾度か切れ、そのたびに地形が見える。ほんの僅かだが川も見えた。しかし、吉川は操縦桿を倒さない。周りをキョロキョロしながらどんどんコースを外れていく。このままでは川を見つけるどころか、自分の現在地までもが分からなくなるだろう。

「ロストだな」

「いえ――待ってください！」

吉川が必死の声で懇願した。

「待てるか！」

俺は太い怒声を発した。

「今、この瞬間にも機体は前に進んでる。空で待つということは有り得ないと何度も言っただろうが！」

「すみません！　でも教官、お願いします！」

それでも吉川は必死になって食らいついてきた。

操縦課程でフライトする場合、点数のつかないノーグレード以外はすべて、フライト毎に点数がつけられる。満点は１００点で69点以下は欠点。この点数は「秀」「優」「良」「可」「不可」の五段階に分けられており、各々のグレードは一目瞭然で分かるよう、上から順に黒、青、緑、黄、ピンクに色が付けられ、飛行班事務室の壁や廊下に貼り出される。

吉川のグレードは低空だ。たまに「良」、それ以外は「可」、または「不可」。これ以上「不可」のピンクを貰《もら》えば、課程免、即ちパイロットコースからの脱落の可能性があった。

「お願いします、教官！」

吉川の気持ちは俺にも分かる。誰だってピンクは貰いたくはない。だが、ここで温情を出し、吉川を甘えさせてどうなるというのか。空は一人だ。パイロットは孤独であり、すべての状況を自分で判断して、離陸したら必ず着陸しなければならない。それが鉄則だ。

「アイハブ」

俺は吉川から操縦を引き取ることを告げた。吉川は黙ったまま答えようとしない。

「返事は！」

「ユー……ハブ……」

「訓練終了。帰投する」

芦屋基地へ戻る間、吉川はうなだれたまま、一言も発しようとはしなかった。

その日の夕方、俺を含めた教官達全員は、ＩＰミーティングのためにいつものようにブリーフィングルームに集まった。それぞれが今日の訓練の感想と反省点、学生の評価を告げていく。

「では次、大松教官、頼む」

多和田《たわだ》班長に言われ、俺は口を開いた。

「本日はアルファの吉川学生と航法訓練を実施しました。雲が多く、視界は見えづらい状況ではありましたが、計器飛行を行うまでではありませんでした。しかし、吉川学生は途中でポイントをロスト、そこで訓練を中止し帰投しました」

「はっ」とバカにするような声がした。上橋だった。俺が上橋の方に目を向けると、

「またやったのかと思ってな」と続けた。

それが呼び水となって、他の教官達が一斉に吉川の話を始めた。

「何べん注意しても覚えられん」

「実機に乗る前、シミュレーターの頃から怪しかったからな」

「アルファの中ではちょっと飛び抜けて落ちこぼれているな……」

若手からベテランの教官までが次々に否定的な意見を述べた。

確かに物覚えが悪いのは事実だった。吉川は六名の防大出身者で構成されているアルファの中では図抜けて成績が低い。

「あと一枚でピンク三枚か……」

手元にある学生の成績表をめくりながら、月村《つきむら》隊長が渋い顔をした。

「なんとかならんもんかな……」

「防大出身者の隊長としても、後輩がこれでは心苦しいでしょうね」

　途端、上橋が月村隊長に同情するような顔をした。

「我々もなんとか吉川を立て直そうとは努力してるんです。しかし、何分センスが……。こればかりは教えてもどうしようもないことですからね。それに引き換え、麻生《あそう》はいいですよ。どんどん成長してます。教えれば教えるほどそれを吸収する、スポンジみたいな奴です」

　吉川の話をしているかと思いきや、上橋は自分がメインで受け持っている別の学生の話へと掏《す》り替えた。麻生は吉川と同じアルファの一員だ。アルファの中ではリーダー格であり、教官にも物怖《ものお》じすることなく堂々と発言をしてくる学生だった。礼儀正しく、やる気も見える。教官の中ではすこぶる評判も良く、班長や隊長にも常にいい報告が上がっていた。

「麻生は後々いいパイロットになりますよ。私が断言します」

　ひとしきり麻生を褒めたあと、上橋はそんな言葉で話を結んだ。吉川のことなど、もはや誰もが忘れたようになっていた。

「そうかな」

　上橋が鋭い視線を俺の方に向けると、「大松、なんか言ったか?」と尋ねた。

「この距離だ、聞こえてるだろう」

「お前の声は低くて潰れてるから聞き取り難くてな。悪いがもういっぺん言ってくれ」

あぁそうかい。

「麻生のことだが、俺はそうは思わんと言ったんだ」

上橋だけでなく、他の教官達も一斉に俺の方を見た。

「大松、それはどういう意味だ？」

月村隊長が怪訝《けげん》な顔を向けると、上橋が被《かぶ》さるように、「そうだ、どういう意味だか説明してみろ」と甲高い声を張り上げた。

「確かに麻生の操縦はいい。センスもある。しかし、あいつは失敗を誤魔化すのもまた上手い」

「失敗を誤魔化すだって？」

今度は別の先輩教官が聞いた。

「そうです。何かを指摘すると必ず言い訳をしてくる」

以前、こんなことがあった。「高度が低い」と注意した時、「目にゴミが入ったので高度計の文字が霞《かす》んで」と麻生は言った。ブリーフィングの際に欠伸《あくび》をしているのを見咎《みとが》めた時も、「昨夜、遅くまで勉強していたので」と返した。他にもある。着陸が一度で上手く決まらなかった時、「いきなり突風が吹いたから」と風のせいにした。最初に「すみません」と言わず、受け止めるということをしない。常に何かのせいにするのだ。

「今の内にそのクセを直さなければ、たとえ部隊に行けたとしても伸びることはないと思います」

一同は全員押し黙ったが、最初に口を開いたのはやはり上橋だった。

「それが言い訳かどうかはお前の主観だろう。本当に目にゴミが入ったり、徹夜で勉強して寝不足だったのかもしれん」

「あんたの言うことはもっともだ」

俺は上橋の言葉に賛同した。「そらみろ」と呟《つぶや》きながら上橋が足を組んだ。

「だがな、たとえそうだとしても、俺は違うと考える」

「なにがだ」

上橋がイライラして言った。俺は上橋から目を逸《そ》らし、その場にいる全員を見渡しながら、「俺がパイロットを選ぶ基準はたった一つ。それは、正直であるかどうかです。正直な者は何事をも誤魔化さず、そこに嘘《うそ》はありません。俺はそういうパイロットを仲間として信頼します」と告げた。

「なんだそりゃ。正直ってお前、それこそお前の主観だけだろうが」

上橋が言い返したが、「そう言われれば確かに麻生から、『すみません』という言葉を聞いたことがないな」と一番年配のベテラン教官が呟くのを聞いて、さっと顔色を変えた。

「俺も聞いたことがありませんね。というか、できる奴という先入観があって、そういう部分を見落としていたのかもしれないな」

同じくベテランの一人である教官があとに続いた。

「いや、ちょっと待ってください」

上橋が必死に抗弁しようとしたが、そうなってくると、それぞれの教官にも思い当たる節が次々と湧いてきて、麻生の評価が揺らぎ始めた。

「優秀ということだけに目線が行き過ぎ、本質を見る目が少し曇っていたのかもしれんな」

月村隊長までがそんな感想を漏らした時、上橋は完全に言葉を失った。

「ところで吉川のことなんですが」

俺は再び元の議題にもどって吉川のことを切り出した。

「皆さんが感じられているように、吉川は当落線上にいます。あいつは進歩が遅いし、操縦も下手です。しかし、バカがつくほど真面目ですし、とても正直な男です。そこだけは皆さんもお分かりだと思います。俺はそこに伸びしろを感じます。いや、感じてやりたいと思います」

どうだろうか、そんな思いで一同を見つめた。

「それは大松教官、吉川となら飛べる、そう思っているってことか？」

向かいに座っている多和田班長が真《ま》っ直《す》ぐに俺の目を見た。

「はい。あいつに嘘はありませんから」

俺ははっきりと答えた。


「……話は以上だ」

俺が言うと、上橋が緩く拍手を始めた。

「なんのつもりだ……」

「よくできた実にいい話だと思ってな」

「よくできただと……」

「ねぇ集治さん、そう思いませんでしたか？」

上橋が集治のグラスに芋焼酎を注ぐと、黙って聞いていた集治が、「えぇ……」と呟いた。目はノートの一点を見つめ、懸命に頭の中で何かを考えている様子が見てとれる。さっきの話で自分のこと以外は、すべて名前は伏せてある。集治には上橋の存在は気づかれてはいないはずだ。

実は、この話には後日談がある。

そのIPミーティングから二ヵ月後、麻生は警察に逮捕された。飲食店の中で大声で騒いでいたところ、知らない客に注意され、カッとなって手を出したのだ。客から被害届が出されて警察が捜査し、目撃証言から麻生が割り出された。その際、麻生は一緒にいたアルファのメンバーに口止めをし、あまつさえ自分が不利にならないように口裏まで合わせていた。学生の逮捕は前代未聞のことだったが、客の怪我《けが》はそれほど大したものではなく、すぐに示談となった。麻生にはしっかりと反省させることを条件に、フライトコースには残れるようにと教官達は上層部に嘆願したのだ。その際、あれほど麻生を推していた上橋は一切協力せず、知らんぷりを決め込んだ。

「あんたはどうして協力しない？」

上橋に詰め寄った時、「どうして協力する必要がある？」と逆に問い直された。

「あんたはあれほど麻生を買ってたろう」

「そうだったかな」

「惚《とぼ》けるな」

上橋の態度に思わず腹が立った。

「一人の人間の瀬戸際なんだぞ」

「麻生が残ろうが辞めようが、俺はどっちでもいい」

「なんだと……」

「お前こそどうして嘆願なんかした？　罪滅ぼしか？」

「そうじゃない。あいつがしっかり反省すれば、正直になれば、可能性はあると思ったからだ」

　すると、上橋がへらりと笑った。

「何がおかしい……」

「あんな奴が反省なんかするもんか。いいか大松、下手に嘆願書なんか出して自分のポイントが下がったらどうする？　それこそ問題だぞ」

「なんの話をしてる……」

　その時、上橋が言った言葉を俺は今もはっきりと覚えている。

「学生なんかどうだっていいんだよ。要は自分だ。美味いもん食っていい女抱きたいだろう。なら――」

　そう言って上橋は人差し指で天井を指した。

　正直であること。それは口で言うほど簡単なものじゃない。誰だって怒られたくはないし、失敗を指摘されたくもない。だから俺は、正直は勇気だと考えている。結局、麻生は自ら辞退し、空自を去った。学生寮を出る時、上橋は見送りにも顔を出さなかった。


　しばらくして、集治が「一概に教官といっても、いろんなタイプがいらっしゃるんですね」と小さく何度も頷いた。

「年齢だけじゃない。考え方、感じ方、物事の捉え方、すべて様々だ」

「そうなんですね……」

すぐにノートにそのことを書きなぐっていく。とても汚い字だったが、その様子を見つめている内に少し心境が変化していった。最初は上橋が連れて来たという色眼鏡で見ていたが、もしかすると集治は真剣にこのテーマに取り組んでいるのかもしれない。

「それで、その二人の学生はどうなったんですか」

「正直者はいいパイロットになって、今も元気に那覇《なは》で飛んでいる。もう一人は残念ながらリタイアした」

「リタイア……ですか」

「本人の事情もあるから、理由は勘弁して欲しい」

俺がそう言うと集治は「承知しました」と頷いた。そして、「一度待ってもらえますか、テープチェンジをしますので」とテーブルの上の録音機を手に取った。

「分かった」

急に喉の渇きを覚え、俺は再び芋焼酎の水割りを頼んだ。上橋が壁に背中を預けたまま、俺の方を見ている。その目は集治に向けるものとは違い、薄暗く、どこまでも狡猾《こうかつ》に感じられた。

3

テープチェンジを終えた集治はくぐもった声で「お待たせしました」とぼそりと言った。そして、再び録音機のRECボタンを押すと、テーブルの上に置いた。食べ物は一切、酒もほとんど口にしていない。時折煙草に火を点け、一口、二口吸って消す。その繰り返しだ。

「今のお話で、いろんな考えを持った教官がいるということは分かりました」

「でも、集治さんの聞きたい答えにはなっていないいんじゃないですか」

上橋が水を向けたが、集治は「そんなことはありませんよ」と曖昧に笑った。

「さっきも言ったはずだ。そっちに委ねるってな」

「ズルい奴だ」

俺は上橋を鋭く睨んだ。

「あんたはさっきから俺に何を喋《しゃべ》らせたいんだ？」

「別に。ちゃんと質問に答えて欲しい、そう思ってるだけだ」

「あの……」

俺は集治に視線を移した。集治は小さく息を吐くと、「質問を変えさせてもらってもよろしいでしょうか」と断ってきた。

質問を変えるという意味がどういうことなのか分からない。

「俺に答えられることなら」

そう言って渇いた唇を舐《な》めた。

「二〇〇〇年六月二十三日」

集治の言葉を聞いた途端、反射的に身体が固まった。

「その日のこと、覚えていらっしゃいますか」

忘れるはずもない……。

俺はむっつりと頷いた。

その日、浜松市内でT－4の墜落事故が起こった。乗っていたのは杉崎《すぎさき》3尉という学生。そして、杉崎を指導していた教官は坂上護《さかがみまもる》2佐だ。

それまで壁に背中を預けていた上橋が笑みを浮かべてゆっくりと身体を起こした。俺は上橋の視線を感じながら、「今回の取材とその事故に、なんの関係があるんだ」と聞いた。

「また……。そういう脅かすようなことを言うなって」

この質問が上橋の入れ知恵であることを直感した。

「すみません……」

　集治は謝ると、俺の方に向き直った。

「関係はあります。ただ、大松さんにはお耳の痛い話になるかもしれません。どうかお答えいただければと思います」

「頼むぜ、大松教官」

　上橋のおどけた物言いは無視した。

「大松さんはその杉崎をご存じですよね」

「あぁ。俺が浜松に送り出した学生だからな」

「彼はどういう学生で、どんな評価だったんでしょうか」

　どういう学生でどんな評価だったか……。

　俺は杉崎のことを思い出した。正直、可もなく不可もなくというものだった。根は真面目で性格も穏やか、そんなに目立つ存在ではなかった。ただ、杉崎からはどうしてもパイロットになりたいという熱のようなものを感じたことはなかった。ただなんとなく、流れに乗ってここまで来たという風に見えていた。

「大松さんは先ほど、学生の夢を奪うにはそれなりの理由があるということを、想い出話として話されました。教官達が毎日集まってミーティングを開き、様々な角度から検討を重ねて判断すると。だとしたら、杉崎を次の浜松に行かせたのは……なんというか、正解だったのでしょうか」

「あんたがあの事故のことをどれだけ知っているかは知らんが、事故調も発表した通り、あれは不測の事態だ。学生の質の問題じゃない」

あの事故の直接的な原因は被雷によるものだ。杉崎は被雷したショックで失神した。これはパイロットなら誰にでも起こり得ることだし、防ぎようもない。

「なるほど。学生の方には問題がなかったと言われるんですね。では、教官の方はどうでしょうか」

「それはどういう意味だ……」

「お気を悪くされたら申し訳ないんですが、私のこれまでの取材で浮かび上がってきた事実が幾つかありまして。それは、若者が夢を持てなくなる理由の一つに、大人、例えば親であったり、教師であったり、会社の先輩からの一言だったりというものがかなりの例あるんです。それでその……」

集治は言葉を濁した。

「大丈夫ですよ。なんでも聞きたいことは尋ねてください」

上橋が再び背中を押した。

「たったの数ヵ月で学生の夢を奪うに値するほど、教官は立派な存在だと思われますか」

そんなことを面と向かって言われたのは初めてだった。正直、俺は言葉に詰まった。

教官は学生の夢を奪えるほど立派な存在か？　答えは……NOだ。俺にもそんな自信はない。それに、今、この場所にいる上橋は、教官としての資質を著しく欠いていた。自分の出世のため、学生のことなど考えず、日和見《ひよりみ》で動いていた。そんな男に学生は己の夢を、運命を、左右されていたのは事実だ。

「そんなこと……俺には分からん」

そう答えるのが精一杯だった。

「浜松での事故の折、目撃証言はこうでした。一機を見捨ててもう一機が飛び去った。その後に墜落した」

「それは違う！」

思わず声が大きくなった。

「坂上2佐は失神した杉崎をブラスト（ジエット後流）で起こそうとしたんだ」

「それは知っています。その事故から十三年後、坂上の息子が再び同じことをしたことも。そして、大松さんがその教官をされていたことも」

上橋が最初に言った言葉。俺の話を聞いて興味が湧いたなどというのはやはり嘘だ。集治というフリーライターは徹底的に俺のことを調べ上げてこの場に臨んでいる。そう確信した。

「だったらもう、あの事故のことはいいだろう」

「いえ、もう少しだけお願いします」

一見、気弱そうに見える集治だが、意外なほど粘り強い。

「結果的にあの時に取った坂上の行動は、息子によって証明されました。それが空自の見解であり、世間にもそう伝えられています。では、どうして坂上は空を飛ぶことを止めたのでしょうか。教官として、彼しか分からない何らかのことがあり、その思いに苛《さいな》まれて自ら飛ぶことを止めた、そうは考えられませんか」

集治が話せば話すほど真綿で首を絞められるような気がする。いつの間にか、背中にはべったりと汗が噴き出している。まさかこれほどまでにプレッシャーを掛けられるとは、想像できなかった。

話をすることを引き受けてしまった、自分の判断が甘かったのだろうか……。

そんな思いが頭を掠《かす》める。

「私もそれが不思議だったんですよねぇ」

ここが機だと思ったのか、上橋が会話にするりと滑り込んできた。

「空自内部では、坂上2佐に対して飛ぶことを止めるよう強制したことはないんですよ。TAC部隊の隊長、ブルーの隊長まで経験したパイロットなんてそうそういるものじゃない。そんなパイロットが飛ばなくなるというのはウチに取っても、引いてはこの国の治安を語る上でも大きな損失になりますからね」

よくもいけしゃあしゃあと、そんなことが言えるものだ。俺は上橋の顔をジロリと睨んだ。上橋は何事もなかったように水割りを飲んでいる。

「集治さん」

俺は初めて集治を名前で呼んだ。

「あんたの頭の中では坂上2佐は灰色、もしくは黒に見えているのかもしれんが、それは違う。俺はあの人のことをよく知っている」

「では教えてください。坂上護とはどんな人物ですか？」


俺が坂上2佐と出会ったのは一九九三年、二十三歳の時だった。新田原の訓練を終え、最初の赴任地である百里基地の305飛行隊に配属された時だ。当時坂上2佐はブルーインパルスの飛行隊長を終え、百里の飛行隊長としてその任に当たっていた。

おかしな言い方だが、坂上2佐は実に隊長らしくない人だった。もちろん仕事には厳しかったが、どこかに兄貴という雰囲気が漂っていて、ベテランから俺達新人まで気さくに声を掛けてくれた。飲み会、釣り大会、バーベキュー大会、登山。自らいろんな企画を立てては、それを実行する。参加者はパイロットだけでなく、整備員や救難隊、それに、それぞれの恋人や家族も招いた。時には、飛行隊行きつけの店の者にまで声を掛け、飲み会で大騒ぎしたことなどの迷惑の数々を労《ねぎら》った。とにかく、風通しのいい部隊だった。いまだにあれほどお互いの顔が見えていた部隊はないと言っていい。小松の隊長になった時、必ず実践しようと思ったのが坂上2佐のやり方だった。

配属されて半年を過ぎた頃だったと思う。俺は初めて生死を分ける場面に遭遇した。TRからORに昇格し、ようやくアラート任務に就くことが許され、何度目かのスクランブルに出た時だ。アンノウンの追跡を終え、基地に帰投することになった。その時、緊張が緩んだからなのか、それとも別の理由があったのかは分からないが、俺はバーティゴ（空間識失調）に陥った。漆黒の闇の中で天地が分からなくなり、時折見える漁船の灯《あか》りを星と勘違いして上下逆さまになって飛んでいた。これまでに何度か違和感を覚えたことはあったが、ここまで完全なものは経験したことがなかった。編隊長機から何度態勢を立て直せと呼び掛けられても、機体がどれほど警告音を発しようとも、俺は恐怖から機体を元に戻そうとはしなかった。自分の意識ではその態勢が正常なのだ。それを覆すことはどうしてもできなかった。編隊長の「ウイングレベル！」と絶叫する声が何度も聞こえ、やがては悲鳴に変わろうとしていた時、飛行指揮所から坂上2佐が無線で呼び掛けてきた。

「大松、お前は今、バーティゴに入ってる」

警告音の鳴り響くコクピットの中で、坂上2佐の声はいつも通りの淡々としたものだった。

「お前が今、星だと思っているのはな、漁船の灯りだ。本当の星空はお前の足元の方にある」

「分かりません……」

俺は絞り出すように答えた。

「あぁ。分からんだろうな」

坂上2佐はあっさりと俺の言葉を認め、「俺もそんなことを何度か経験したよ」と続けた。その声には笑みすら含まれているようだった。まるで居酒屋かどこかで隣同士になって、ちょっと世間話をしているような……そんな感じだ。

「なぁ大松、俺はお前の仲間か？」

確かに坂上2佐は「仲間」という言葉を使った。

「はい……」

「俺にとってもお前は仲間だ」

「はい……」

「信頼し合った仲間同士、ならば、俺の言うことを信じてみないか」

命令でも恫喝《どうかつ》でもなく、「信じてみないか」という優しい誘いが俺の頑《かたく》なな心の中にすっと入り込んだ。

隊長が言うのなら……。

自然にそんな気持ちになった。そして俺は坂上2佐の指示通りに機体をゆっくりと反転させた。

「後から聞いた話だが、機体と海面の距離は100mを切っていたそうだ。編隊長機のパイロットは最悪の事態を想像していたらしい。もし、あの時、呼び掛けてくれたのが坂上2佐でなかったら、俺はここにはいなかったと思う」

「その話は大松さんが坂上を慕っていたという証明にはなりますが——」

「呼び捨てにするのは止めにしてくれないか」

集治はピクリと身体を震わせると、「すみません」と呟いた。

「慕っていたさ。今でもそうだ。あの人にはそれだけの魅力がある」

そして、視線を上げると集治の顔を見た。

「考えてもみてくれ。それだけ部下に慕われる人のことを。俺達は人形じゃない。心を持った人間だ。坂上2佐が俺達のことを大事に思ってくれているのが分かるからこそ、慕うんだ。あの厳しい空の下でな。そんな人が学生を見捨てたりするわけがない。逃げたりするわけがない。絶対にできるはずがないんだ。その事故から十三年後、息子もまた同じことをした。俺は誇らしかったよ。そんな風に育ってくれた坂上2佐の息子のことが。決して仲間を見捨てない、親から子へ、ちゃんと絆は繫がってるんだと思った」

この話をすると決まって目頭が熱くなる。俺は元々涙もろくはない。だが、身体は正直だ。歳を取った証拠かもしれん。

「では、どうして坂上――2佐は飛ばなくなったんでしょうか」

集治の言葉で我に返った。

「それは……分からん」

集治が怪訝な顔をした。

「あの人は何も話さなかった……」

俺自身、坂上2佐が翼を失くすことが堪《たま》らなかった。だから、上層部にも何度も掛け合ったし、坂上2佐本人にも会いに行った。しかし、その決心は変わらなかった。

「多分、許せなかったんだと思う。杉崎を救えなかったことが。だから坂上2佐は、自ら飛ぶことを止めたんだろう……」

「それは大松さんの想像なんですね」

「そうだ。でも、当たっている。俺はそう思っている。なぜなら、同じようなことがあれば、俺も同じ気持ちの流れ方をするだろうからだ」

だが、そうじゃない者もいる。

「さっき、教官は立派な存在なのかと聞いたな」

「はい」

「浜松の事故の後、俺は事件を起こした」

「事件？」

集治が首をかしげて聞き返した。途端、上橋がピクリと動くのを目の端に感じた。

「ある教官が俺にこう言ったんだ。坂上2佐のことをつまんねぇ人だとな。俺は学生の前でそいつを殴り、謹慎処分になった」

これは身内の恥だ。そして、教官が聖人君子のような立派な集団ではないという証《あかし》にもなる話だ。集治にとってはご馳走《ちそう》のようなものだろう。このことで処分が下るのなら甘んじて受けようと腹を括《くく》った。

集治は煙草に火を点けた。今の話を頭の中で整理するようにゆっくりと煙を吐き出すと、「なぜその教官は坂上2佐のことをつまらないと言ったんでしょうか」と尋ねた。

「あの時の俺はカッとなっていたから、理由を考えることなんてなかった。だが、後になってみれば、それは多分、そいつの嫉妬だったんじゃないかと思う」

「嫉妬……ですか」

俺は頷いた。

「誰かを慕うこともなければ、誰からも慕われることもない。たとえ出世してバッジが増えようと、そんなものは味気ない。俺にはそう思える」

「ふはは」と上橋が笑い声を上げた。集治がちらりと隣の上橋を見た。

「あぁ、すみません、すみません。身内からすれば、今の大松の話はちょっと面白かったものですから」

整った顔が赤く染まって脂ぎっている。俺はそんな上橋の顔を醜いと感じた。

「上橋さん」

集治が呼んだ。

「はい、なんでしょう」

「あなたは今の話、どう思われましたか。あなたも昔とはいえ、元教官であり、パイロットですよね。よければご見解を伺いたいのですが」

上橋は何かを考える間を作り出すように、丁寧におしぼりで口を拭った。

「坂上2佐がご自分で飛ばないと決断されたとして、その心情を理解はできますが、組織の一員としてはどうでしょうねぇ。独りよがりでは立ち行かなくなるのが組織というものですから」

「責任を取ろうとしない者は、すぐに組織を隠《かく》れ蓑《みの》にするからな」

上橋と俺の目が合った。

「ならお前は、坂上2佐の行動を間違ってないと言うんだな」

「間違っているとか間違っていないとかじゃない。教官として、パイロットとして、一人の学生と懸命に向き合った結果、そうなったと言ってるんだ」

「それを独りよがりだと言ってる」

「真剣に学生に向き合ったことのない者に、この気持ちは分からん」

上橋の目が据わった。俺はそんな上橋の目を見据えたまま、「坂上2佐のような事故は特別だとしても、学生に課程免を言い渡すということは、その時も、それから先も、ずっと心に重荷を背負っていくという覚悟がいるんだ」と言った。

「覚悟なら誰にだってある」

「あんたのは組織論だ。俺は使命感の話をしてる」

「……俺に使命感が欠けてるような言い方だな」

欠けてるさ……。あんたにはそれが決定的に欠けている。俺は組織に失望すら感じる。そんなあんたを目論見《もくろみ》通りに出世させてるんだからな……。

「俺は事故に遭うまで、何度もスクランブルで飛んだ。空の上でアンノウンとギリギリの駆け引きをしたこともある。命懸けでだ。そんな俺に使命感がないと言うのか……」

上橋は話しながら右手を開いたり閉じたりした。俺はそんな上橋の右手を見つめた。上橋がF－15を降りたのは事故による握力の喪失ということになっている。だが、食事をする様子を見つめると、箸の握り方、グラスの持ち方にはなんの違和感もない。おそらくは別の理由があったのではないか、そんな疑わしい気持ちが湧き上がってくる。考えても仕方のないことだが、戦闘機を降りるためにその事故を言い訳にしたのでは……。

もちろんすべては俺の想像なのだが……。

「大松、俺はお前の友達じゃないぞ。同期とはいえ、階級は上だ」

「なぜ、そんな話がここで出てくる？」

「お前に誰かを慕う気持ちはあるのかもしれんが、敬う気持ちが足りん」

「そんなものは強制じゃなくて自然に生まれてくるもんだ」

「随分と言いたいことを言ってくれるじゃないか……」

「本音を話すためにこの場を設けたんだろう」

上橋が俺を睨んだまま上半身を反らした。俺は片時も目を離さず、上橋を見た。

「ちょっと待って下さい！　二人とも落ち着いてください」

集治が慌てて中に入ろうとした時、不意に障子が半分ほど開いた。最初に注文を取りにきた若い女子店員が「あの……」と小さな声を掛けた。

「もう少しお静かにしていただけませんでしょうか……。他のお客様もおられますので……」

恐る恐るそう言った。

「あ、ゴメン」

上橋は表情を一変させると、「オジサン達、ちょっと酔っぱらったかな。お水貰えるかな」とおどけた調子で言った。

「はい。お待ちください」

女子店員はホッとした様子で、すぐに障子を閉めて歩き去った。

「いやいや集治さん、みっともないとこ見せてすみませんでした。でもね、これが空白《ウチ》の男なんですよ。バカの一つ覚えみたいになんでも一生懸命でね。なんに対しても本気で闘ってしまうんです」

上橋の態度はすっかり元に戻っている。

「なぁ、そうだよな、大松」

「ちょっとトイレに」

居心地の悪さも手伝って、俺は個室を出た。途中、水を運んでくる店員にトイレの場所を尋ね、薄暗い廊下の奥を進んだ。今頃、上橋がどんな話をしているのか気にならないではなかったが、今更どうすることもできない。もし、万が一、上層部からお咎めがあったなら、上橋もその場にいたとバラせばいい。出世の亡者に墨を付けるのはきっと気分がいいだろう。

用を足して時計を見ると、十時を少し回っていた。この店を訪れてからすでに三時間以上が経過していた。

そんなに話をしていたのか……。

軽い驚きがあった。と同時に疲れも感じた。多分、いつも以上に言葉の端々を気にしながら喋っていたからだろう。

ふと、部隊の連中はどうしているだろうかと頭を掠めた。携帯を取り出し、ベアーかバッカスに電話を掛けようと思ったが——止めにした。部隊の朝は早い。早い奴ならすでに寝支度に入っているだろうし、こんな時間に電話をしたら余計な気をつかわせるかもしれない。

あの頃、坂上2佐もこんなことを思っていたんだろうか……。

きっと思っていただろう。人一倍部下思いの人だったから。それは飛ぶことを止めても、今でも変わらないはずだ。

少しは近づけたかな……。

そんなことを思いつつ、俺は薄暗い廊下を辿《たど》って個室の方へ戻っていった。

障子を開けると、集治がこっちを見た。だが、上橋はグラスを手に携帯を弄《いじ》り、目を向けようともしなかった。中にいる時は気づかなかったが、個室の中は煙草の煙で霞んでいる。俺も昔は吸っていたから毛嫌いはしないが、これはちょっと行き過ぎだ。さすがに息苦しさを感じる。

「ここ、少し開けてていいか」

集治は俺の言った意味に気づいて、「あ、はい。すみません」と答えた。

「一日何本くらい吸ってるんだ？」

「今は二箱半くらいです。昔は三箱越えてました」

集治の側に置かれた灰皿には吸い終わった煙草が山盛りになっている。軽く見ても上橋の三倍ほどはある。しかし、よく見ると、ほとんどが吸い残されたものばかりだ。火を点けて何口か吸い、消して、また新たな煙草に火を点ける。何かに追われているタイプはこんな吸い方をする者が多い。かつての自分のようだ。

「身体に悪いなんて当たり前のことを言うつもりはないが、金は勿体《もったい》ないよな」

「そうですね……」

集治が薄く笑った。そしてまた、新たな煙草に火を点けると、「あの……続けていいでしょうか」と聞いてきた。

「あとどれくらいだ？」

「お尋ねしたいことはもう一つだけです」

一つか……。

俺はふっと息を吐くと、小さく頷いた。

「大松さん、高岡速《たかおかはやり》……覚えてらっしゃいますよね」

今度は高岡か……。

「知ってる。二度目に教官をした時の学生だ」

「あなたはその高岡に課程免を言い渡された」

　集治は確認するように俺を見た。

「そうだ」

「まったくひどい奴だよ……」

　上橋が独り言のように呟いたが、俺も、集治もそれを無視した。

「その結論に至る状況を聞かせてくれませんか」

　逸材の夢と希望を打ち砕いた大人。見ようによっては、俺と高岡のエピソードなどはまさに打ってつけのものなのかもしれない。

「俺が高岡と初めて顔を合わせたのは病院だった」

　僅かに霞が取れてきた個室の中で、俺はゆっくりと話し出した。

4

　噂にはとんと縁の無いこの俺でさえ、その名前は耳にしていた。

　高岡速。防衛大学首席。専攻の人文・社会科学では常に成績はトップ。交友会活動では剣道で全国大会優勝。幹部士官の登竜門ともいえる国際士官候補生会議では議長。航空自衛隊において、十年に一度出るか出ないかの逸材。そんな経歴と評価を持つ男が、目の前のベッドで眠っている。頭には包帯が巻かれ、顔色は青白く、時折苦しそうに寝返りを打っている。

先日の飛行訓練の資料を見たが、幾つかの不運が重なっていた。悪天候により、着陸する場所が変更されたこと。着陸を指定された基地がジェット対応の基地ではなく、防府北という滑走路が短い基地であったこと。滑走路の路面が雨に濡れ、ハイドロプレーニング現象を起こしたこと。結果、タイヤが滑ってブレーキが利かなくなり、そのまま着陸拘束装置《ヒットバリア》に突っ込んだのだ。幸いなことに教官、学生とも命に別状はなかった。ただ、高岡の怪我の具合は軽くはなく、訓練に復帰するまでには一ヵ月以上はかかるだろうとの診断が下った。訓練は間違いなく大きな遅れを伴うことになる。だが、俺は怪我よりももっと気掛かりなことがあった。それは、高岡が再び空を飛ぶことができるようになるのか、ということだ。一度、死ぬほどの恐怖を味わえば、自然と身体が竦《すく》むのは仕方のないことだ。それを克服できるかどうかが鍵になる。主任教官だった本田《ほんだ》3佐の病欠により、急遽《きゅうきょ》、千歳《ちとせ》基地から俺が呼ばれたのは、空自の未来を担う逸材を失わないようにしたいという空幕の思惑が絡んでいた。それほどまでに高岡は期待されていた。

すっかり表面が乾いてしまった刺身を箸でつまみ、上橋は醬油とワサビを大量につけて口に運んだ。

「お前、本田が病欠だったって聞かされてたのか」

「違うのか？」

　思わず自分の声が上ずるのが分かった。

「少なくともあいつは病気なんかしていない。実際、俺はピンピンしてるところを見てるしな」

　俺はグラスを持ったまま、上橋の言葉の意味を考えた。

「そう、お前の考えてる通りだよ」

　上橋は、まるで俺の頭の中を見透かしているかのように続けた。

「本田が外され、経験豊富なお前を教官に充てた。それほど高岡って奴は期待の星だったってわけさ」

　異例な人事であることは分かっていたが、まさかそこまでの力が働いていたとは考えたこともなかった。俺は思いを呑《の》み込むように、焼酎の水割りを口に含むと、ごくりと飲み下した。

「そして、考えた末に、高岡をそれまで所属していた『ブラボー』から『チャーリー』へ移されたわけですよね」

　集治の問い掛けが自分の方に向けられていると気づいて、「あぁ、そうだ」と答えた。

　集治がすかさずメモを取る。その様子を眺めながら、まったく細々とよく調べているものだと半ば感心する。

「そういう提案をして、ＩＰミーティングで承認された」

自分だけの独断ではない。そこはしっかり伝えておくべきだと考えた。

「ふーん」

ノートに目を落としたまま、集治が顎を撫でる。

「その年、チャーリーは一般大出と航学出で形成されていましたよね。そこに、防大出の高岡を入れるとなると、いろいろと難しい気もしますが。最近の若者の特徴の一つとして、自分の世界を大切にする傾向が強く、外の世界に馴染《なじ》み難いというものがあります」

「そのことはもちろん考えた。しかし、影響よりも、訓練を進めることを優先させた」

集治がこれからするであろう質問はなんとなく予想できたが、起こったことを下手に誤魔化しても通用しないことは、これまでの展開で分かっている。ここは淡々と事実を告げなければならない。

「高岡はチャーリーの一員として訓練に復帰した。俺が最も心配していた空を飛ぶことに対する恐怖心は、操縦を見る限りではそれほど強く感じさせることはなかった。一度でも怖い思いをすれば、再びそこに立ち向かうのはかなりの勇気を必要とする。そういう意味では高岡の精神力はさすがと思わせるものがあった。だが、操縦技能は凡庸で、取り立てて目を見張るほどのものを感じなかったのも事実だ」

「なるほど……」

集治はポンポンとペンでノートを叩くと、「では、少し質問の方向を変えます」と前置きした。

「チャーリーには先ほど話題に上げた坂上――2佐の息子、坂上陸《りく》がいましたよね。坂上陸の成績はどうだったのですか」

そんなこと、とうに知っているだろう。

そうは思ったが、「学科は凡庸。技術は優秀」と短く答えた。

「大松さんは今、技術は優秀と答えられましたが、そんなにあっさりしたものではないですよね」

集治がここぞとばかり畳みかけてくる。その言葉が何を意味しているのかはすぐに分かった。坂上陸は父親の坂上2佐と同じく、浜松で僚機が被雷して失神したパイロットを助けるためにジェット後流《ブラスト》を浴びせ、機体を揺らして気づかせようとした。その後、エンジンに異常をきたした僚機を翼で支えながら海上まで誘導したのだ。このことは多数のメディアが取り上げ、「浜松の奇跡」などと呼ばれるようになった。

「確かに坂上の操縦技術は秀でていた。当然、あんたもご存じだと思うが、パイロットには三つの適性がある」

「動物的直感、切り替えの速さ、空間認識能力」

すらすらと集治が答えた。

「その通り。坂上にはそれが備わっていたということだ。まだ粗削りではあったが、およそ飛ぶことに関しては、坂上はチャーリーの中でも群を抜いていた。それは他の教官達とも完全に意見が一致していた」

「それに、彼は勇気もありますよね。僚機を助けたこともそうですが、芦屋時代、練習機がエンジン火災を起こした時、爆発の危険があったにも拘《かか》わらず、飛び込んで大松さんを助けています」

確かにそんな出来事もあった。

コクピットからは脱出したが、黒煙に巻かれて左右が分からなくなった時、誰かが飛び込んできて腕を引きずられた。その時、顔は見えなかった。その男は視界がまるで効かない中、正確に風の方向を読み、最短で煙が抜ける方へと向かった。辺りが見えるようになった時、目の前にいるのが坂上だと知って俺は驚いたものだった。

「そんな坂上と高岡は一緒のコースになりました。これまで何をやっても優秀だった男が、初めて人の背中を追いかけることになった。その時の高岡の気持ちを想像されたことはあったでしょうか」

集治が俺の目を覗き込むように見つめる。

「もちろん、考えはした。いや、何度も繰り返し考えていた。今思うと、確かに高岡にとっては酷だったのかもしれない。チャーリーに変更して以後、高岡はあきらかにコースメンバーから浮いていた。そのことは俺だけじゃなく、他の教官も皆気づいていた。高岡の成績は落ちる一方で、このままでは課程免になる可能性もあった。しかし俺は頑なに高岡を甘やかさないように指示した」

「それはなぜです？」

質問をする集治の声が熱を帯びた。

「自分が優秀だとあぐらをかくことになんの意味もない。部隊に行けば腕のいい奴はゴマンといる。そういう小さなプライドを捨てれば、もっと成長できる。俺はそう踏んでいた」

「他の教官達の意見はどうだったんですか」

「残すべきという意見がほとんどだった」

「大松さんがそれに反対したわけですね」

「そうなる……。高岡を課程免にすると判断し、言い渡したのは、紛れもなくこの俺だ」

「その時の言葉を正確に覚えておられますか」

俺はしばらく黙ったままだったが、やがて頷いた。

忘れていない。忘れることなどない。

「お前が守りたいのは自分のプライドだ。そんな奴が空に上がれば必ず死ぬ。誰かを巻き添えにして……」

「くくく」と上橋が笑った。

「若者の夢を砕くにはこれ以上ない名ゼリフだなぁ。大松、お前は空自の未来を担うかもしれなかったパイロットを潰したんだ。その辺、自覚できてるか」

集治がじっとこっちを見ているのが分かった。でも、俺は何も答えられなかった。そんな様子を見て、上橋が再び笑った。あの甲高い声で。

結局、俺は高岡を立て直すことはできなかった。組織が異例な人事をしてまでなんとか生かそうとしていた男を、俺はみすみす潰してしまった。それは高岡のせいだけではない。俺の未熟さのせいでもある。そのことをもっと自覚しろ、そう言われたような気がした。

その時、パチンと音がした。集治が録音機のRECスイッチを切った音だった。

集治は身体を起こして正座をすると、「大松さん、今日はぶしつけな質問の数々、どうかご容赦ください」そう言って深々と頭を下げた。

「もう、いいんですか？」

名残惜しげに上橋が問う横で、「はい。もう十分です」と答え、もう一度俺の方に向き直ると「ありがとうございました」と頭を下げた。

支払いをすると言ってきかない上橋に、俺は断固として首を縦に振らなかった。強引に一万円をレジに置くと、そのまま店の入り口を出て、エレベーターの前まで先に向かった。やや遅れて店から出てきたのは集治だった。

「上橋さんはトイレだそうです」

別に尋ねもしないことを告げた。

上橋を待っている時間、俺は何も話さなかった。集治も黙ったまま、店のメニューやエレベーターの数字に目を向けていた。ふいに扉が開き、男女五人組の若者達が降りてきた。俺と集治が道を開けると、挨拶することもなく店の中へと入っていった。

「一概に若者といっても千差万別です」

若者達の背中をちらりと見やりながら、集治が呟いた。

「それぞれに名前があって、考え方も性格も違う。でも、若者と一括りした途端、人格を失ってしまいます」

「それは教官も同じだ」

集治は頷いた。

「集治さん、あんたの言う通り、夢を奪ったのは事実だ。それを変えることはできん。

俺は高岡だけでなく、他にも課程免を言い渡した学生の顔を今でもはっきりと覚えている。彼らの顔を思い出して苦しくなる時がある。教官とは惨《むご》い仕事だと思う。一生、そのことに苛まれながら生きていかなければならないんだからな……」

「奪われる方も苦しい。ですが、奪う方もまた苦しいものなんですね……。私はそんな責任の重い仕事をしたことはありませんし、そういう世界の一端を傍《はた》から覗き見するだけです。でも……お気持ちは想像できます。なんとなくですが……」

お互い、それ以上の会話はしなかった。

やがて、バタバタと騒々しい足音がして上橋が近づいてきた。

「すみませんねぇ。なんか、オシッコの切れが悪くって」

上橋が上機嫌で笑うのをやり過ごし、俺はエレベーターのスイッチを押した。


十二時も近いというのに、外は大勢の人で賑《にぎ》わっていた。老いも若きも、笑いながら、あるいは一人黙々と、道を交差していく。

この街の中にどれほどの思いがあるのだろう。

俺はその光景を眺めながら、息が詰まるのを感じた。

「じゃあな大松、俺は集治さんと電車に乗るから。お前はタクシーでホテルに向かえ」

上橋は片手を上げると、さっさと駅の方に向かって歩き出した。俺は遠ざかる背中を見つめながら、上橋が仕掛けた十七年越しの罠の結末を思った。それは自分自身に思いがけないことを突きつける結果となった。

俺は上橋とは違い、学生に対して真剣に向き合ってきたつもりだった。その時々で最良の判断を下したつもりだ。しかし、本当にそう断言できるのか。その輪郭がぼやけた。もしかすると俺の思いは狭く、小さいものだったのではないか。別の角度から見れば、また違った見え方がしたのではないのか。もしかすると上橋には上橋なりの考えがあり、俺という存在に対して苛立《いらだ》っていたのかもしれない……。

その時、集治が俺の方に駆け寄ってきた。

「大松さん、最後に一つだけ」

俺はぼんやりしたまま集治の方へ向き直った。

「上橋さんと違ってあなたが課程免にされた学生は、誰一人として空自を辞めていません」

「集治さん、あんたはたまたま俺に会いに来たみたいな話だったが、それは嘘だな。今の話、リサーチなしでは絶対に分からんことだ」

集治はニヤリとした。

「私も一応、この世界のプロなので」

そう告げると、一礼して踵《きびす》を返した。

上橋と違って誰一人、空白を辞めた者はいない……か。

これまでに出会った学生達、免を言い渡した時の光景が目に浮かび、かっと胸が熱くなった。涙が込み上げてきそうになり、俺は必死で奥歯を噛《か》んで耐えた。

何が正解なのかは分からない。これから先も答えは出ないだろう。それでも、自分なりに懸命に学生と向き合った。そのことだけは嘘偽りはない。集治が言い残した、誰一人辞めた者はいないという言葉は、その証のように思えた。

しかし、だからといって、それでいいわけではない。

だからこそ、俺は歩みを止める訳にはいかないんだ……。

空白を辞めるまでではない。命が終わるその時まで、この思いは果てしなく続いていく。そこから逃げれば、夢を奪った若者達に対して示しがつかない。

「ファーン」とどこかで車のクラクションが鳴った。俺はそっと人混みの中に身体を滑り込ませると、夜の街へと歩き出した。

集英社文庫

風招《かぜお》きの空士《くうし》 天神外伝《てんじんがいでん》

2016年10月25日 第1刷 定価はカバーに表示してあります。

著 者 小森陽一《こもりよういち》

発行者 村田登志江

発行所 株式会社 集英社
東京都千代田区一ツ橋2-5-10 〒101-8050
電話 【編集部】03-3230-6095
【読者係】03-3230-6080
【販売部】03-3230-6393(書店専用)

印 刷 中央精版印刷株式会社 株式会社美松堂

製 本 中央精版印刷株式会社

フォーマットデザイン アリヤマデザインストア マークデザイン 居山浩二

ISBN978-4-08-745506-9 C0193